Maria Pourchet
Alle außer dir

Maria Pourchet

Alle außer dir

Roman

Aus dem Französischen von
Claudia Marquardt

Luchterhand

»Es gibt einen Weg. Du kannst ihm folgen
oder eine Abkürzung nehmen.«

Gérard Manset, *Y'a une route*

Die kleinen grauen Zellen

Zwei violette oder eher blasslilafarbene Wände, zwei graue, der Rest ist weiß. Ein dreibeiniger Infusionsständer, die Goldenen Regeln des Stillens (vier) und – ohne jeden Bezug dazu – ein Aufruf der Gewerkschaft: »Beschäftigte im Gesundheitswesen, verteidigt eure Rechte«, zum 1. Mai. Der ist vorbei. Sie legen mich auf eine Art Wachstuch, zwischen zwei Frauen, denen tags zuvor der Bauch aufgeschlitzt wurde. Man kann natürlich nach einem Einzelzimmer verlangen, hängt ganz von den Kapazitäten ab, ein »Ich habe aber dafür bezahlt« reicht jedenfalls nicht aus. Nein, unter mir ist kein Wachstuch, sondern ein Laken, und der Geruch hier drinnen ist normal. Zu meinen Füßen eine Wiege, die ich nicht umstoßen soll, darin du, und vorn dran ein Schildchen: Adèle. Ich fühle mich klebrig, ausgehöhlt, so am Boden wie nie zuvor. Ich lerne die Panik eines Schiffbrüchigen kennen, seine Erschöpfung. Ich suche nach etwas, irgendetwas, das mit der Frau zu tun hat, die ich gestern noch war. Ich erkenne weder mein Gesicht wieder, noch finde ich meine Tasche. Es ist 12 Uhr mittags, der Weltuntergang beginnt.

Vor mir meine Mutter. Und davor ihre Mutter und die Mutter ihrer Mutter und alle Frauen vor ihnen. Die Starken, die nicht Einfachen, die Geschorenen, die Schlechten, die Übergeschnappten, die Heiligen, die ständig am Telefon Hängenden, die Bäuerinnen, die Königinnen Englands, die beinah Schönen und die zu Schönen, die Carmens dieser Welt, die Geschlagenen, die Pflichtbewussten, die Unverwüstlichen. Und die Wiege, die nach nichts verlangt hat. Oder vielleicht doch. Ich weiß nicht genau, was zum Fall der Seelen führt.

Du hast bekommen, was du wolltest.

Meine Mutter hat gerade aufgelegt, ich habe sie vor allen anderen angerufen, sonst hätte es Ärger gegeben. *Ich habe nichts von dir gehört. Wer bin ich?*

8

Eine Fremde? Dass ich nicht lache, sie würde es fertigbringen, sich zwei Jahre lang nicht bei mir zu melden. Keine vergisst dich wie sie, keine lässt dich weniger in Frieden. Sie wird nicht ins Krankenhaus kommen, sie will nicht. Der Weg, das Wetter, die anderen, dieser ganze Mist, den man sich im Krankenhaus einfängt, und die Wahrheit: Du machst sie älter, sie würde dich gern ignorieren. Ich erzähle ihr von der Geburt. Erzählen, darin besteht mein Leben, aber ich will in dem Moment nicht noch einen draufsetzen. Plötzlicher Schwächeanfall, Einleitung der Geburt, zehn Stunden lang, Fehlschlag, das Ganze noch mal von vorn, weitere acht Stunden, Schmerz, Blutung, Kreislaufkollaps, aber jetzt bist du endlich da. Ungerührt und weit weg am Telefon – schon immer haben Worte an ihrer Stelle gehandelt – hat sie gesagt:

War ja klar. Du hast es vermasselt. Warst du nicht vorbereitet?

Ich, das selbstmörderische, immer noch suizidgefährdete kleine Mädchen, möchte einen weiteren Satz über das Baby auf meiner Brust formulieren. Ich möchte diese unerhörte, übermenschliche

9

Ruhe beschreiben, in die die Kleine verfällt, sobald sie in Berührung mit meiner Haut kommt; wenn man dann ihrem Atem lauscht, klingt es, als säße man in einer Muschel und hörte das Meer rauschen. Ich möchte, dass meine Mutter sich erinnert.

Sie ist zugedröhnt, nicht ruhig. Bei der ganzen Periduralanästhesie, die du aus Bequemlichkeit auf sie abgefeuert hast. Aber egal, ist passiert.

Bitte schön, auf das Komma genau. Sonst wäre es ja erfunden.

Ich habe Schlimmeres gehört, insbesondere aus ihrem Mund. Über anderes habe ich Gras wachsen lassen. Aber alles hat irgendwann ein Ende, und dieses ist jetzt gekommen.

Sie hat es schon vergessen. Sie wird bei ihrem gekrönten Haupt schwören, dass ich mir das ausdenke. Diese kranke Fantasie, die das Potenzial hat, die Menschen in meinem Umfeld zu zerstören, sie fragt gar nicht erst, wo ich die herhabe, sie weiß es nämlich. *Dein Vater fantasiert sich auch immer was zusammen.* Sie wird behaupten, dass ich lüge, bei allem. Aber das spielt keine Rolle, schließlich bin ich diejenige, die schreibt.

Besuch einer Frau in Grün. Sie kommt nicht, um das längst überholte Plakat abzunehmen, sondern erkundigt sich, ob ich stille. Nein. Sie hakt nach. Ob ich mir das gut überlegt hätte? Ja, seit tausend Jahren. Es hilft nichts. Denn in einer Lache aus Blut, Pisse und Wasser liegend, erfahre ich die ganze Wahrheit: Ich bin ein Tier. *Was man auf diese Weise weitergibt, ist absolut entscheidend, Madame,* befindet die junge Frau in der grünen Kluft, die Geschichte ist auf ihrer Seite, und die Wissenschaft gibt ihr recht. Darf ich mich, da ich nun einmal hier bin, über die Tradition dieses Ortes hinwegsetzen? Und darf ich noch dazu außer Acht lassen, dass die Muttermilch der Beginn von allem ist? *Sie enthalten ihr etwas vor.*

»Und was ist mit dem Einzelzimmer?«

»Das Zimmer ist nicht so wichtig.«

Damit macht sie auf dem Absatz kehrt, ein-

fach so. Voller Empörung. Frauen sind nicht un-
geschickt, Adèle, nicht müde, jedenfalls nicht immer. Sie sind boshaft, nutzen jeden x-beliebigen
Vorwand. Du wirst noch hören, wie sie eine nach
der anderen mit denselben Sprüchen auf Niederlagen herumreiten, gnadenlos, unerbittlich. Das ist
Teil des Weltgeraunes. Wundere dich nicht, halte
dich nicht daran auf.

Du wirst sehen, nichts beginnt mit der Muttermilch, außer bei den Tieren. Im Fall unserer Spezies, die getrieben ist von dem Wunsch zu sprechen,
beginnt es mit der Katastrophe der Sprache. Mit all
den Wörtern, die man uns sagt, Sätzen, mit denen
man uns niederknüppelt, Macht über uns ausübt,
Sätzen, die einlullen, verbieten, spalten, zum Nach-
plappern gedacht sind. Ein Mädchen nach dem anderen stand unter der Knute einer Sprache, die ich
im Folgenden aufribbeln möchte wie die Triko-
tagen, die sie zu Tode kratzen. Neben der Wiege,
die ich nicht umstoßen soll, deiner Wiege, die mir
Angst einjagt, werde ich tagein, tagaus die Sprache
sprechen, aus der wir kommen, wir, die Frauen vor

12

dir. Das ganze Repertoire. Ich wünsche mir, dass du so gut wie nichts davon behältst.

Ich weiß nicht, an welcher Stelle ich in dieses Geschwätz einsteigen soll, es hat kein Ende und keinen Anfang, es war einfach immer da. Nehmen wir an, es hätte einen Anfang.

Pass auf, wo du hintrittst.

Fordere nicht.

Fall nicht auf.

Siehst du die da?

Das hast du verdient.

Es wird dir eine Lehre sein.

Wie bitte?

Die sind kein guter Umgang, diese Leute.

Du hättest dich mehr anstrengen müssen.

Das wird dir noch leidtun.

Halt dich davon fern.

Mach es dir nicht zu bequem.

Für mich ist es zu spät. Ich bin schon viel zu lange die Summe ihrer Sätze. Ich habe sie verinnerlicht. Ich bin das, was diese Sätze gebieten. Ich bin das perfekte Sprachverbrechen.

Bleib an deinem Platz.
Häng nicht an meinem Rockzipfel.
Denk nicht immer nur an dich.
Willst du dir noch eine fangen?

Ich vergesse. Vergesse diese Worte, denen man zuhört, bis man am Ende und nichts mehr von einem übrig ist, nichts als eine Frau, die sich benimmt. Die etwas muss. Die sich nicht von der Stelle rührt.

So beginnt die Sprache, die du nicht lernen wirst, das schwöre ich. *Du musst es nur wollen.*

Dies ist keine Geschichte, aber es geht doch um Literatur. Die Schlimmste. Eine in Formeln gegossene, stets bereite Sprache, geprägt von jedermann für niemanden, Sätze, die schnell und gründlich ihren Dienst tun, man kann auf einen Schlag die schrecklichsten Dinge raushauen, Dinge, die das Denken übersteigen, aber es ist falsch. Es ist eine Sprache, von der wir immer behaupten können, dass sie uns leidtut. Die böse Zunge, die man hüten wollte, aber, pardon, dann hat sie sich doch gelöst. Eine Sprache, die wir nachahmen, weil sie funktioniert. Sätze, auf die es nichts zu erwidern gibt.

Neuerliches Auftauchen des Personals in Grün, aufgerüstet um ein Fläschchen mit Milliliterskala und Sauger. Kehrtwende des Personals, das nicht lockerlässt, weil es falsch ist, was ich mache: *Es ist Ihre Entscheidung.*

Ich habe überall Schmerzen, besonders an dieser Stelle. Ich brauche ein orthopädisches Sitzkissen. So was gibt es hier nicht, nein, stellen Sie sich das mal vor, ein Sitzkissen pro Bett, die Kosten, das Durcheinander. Ich bin auf der Suche nach dem Anfang des Wortes, nach dem Ursprung des Massakers, auf das es abzielt. Ich bin es leid. Ich möchte mich dem Französischen dieses eine Mal nähern, ohne dass es gleich an Ironie oder Syntax zerschellt.

Ich ziehe den Sauger des Einwegfläschchens zwischen deinen winzigen Lippen hervor. Du hast zu viel getrunken. Man hatte mir gesagt, ich solle es langsam angehen lassen, fünfzehn Milliliter, nicht zwanzig. Ich habe den Bogen mal wieder überspannt. Ich war mit meinen Gedanken woanders. Bei mir.

Du kapierst einfach nichts.
Streng deine kleinen grauen Zellen an.

Beginnen wir also irgendwo, da sowieso nichts mehr dort ist, wo es hingehört, kommt der Anfang eben später dran.

Irgendwo in der Erinnerung an meine Kindheit höre ich, wie sich Frauen über andere, nicht anwesende Frauen aufregen. Eine sagt über eine Schwester, dass *die trinkt wie ein Kerl*, keine fragt, warum, stattdessen verkündet eine andere, dass die Betroffene eine Fahne hat, bemitleidet deren Kinder und den Ehemann, *einen Autoschieber*, der *auch nicht viel besser ist*, der ihr ihre Jugend gestohlen hat, seinetwegen *hängt sie an der Flasche*. Ein Drückeberger, stinkend faul, keinen Finger macht der krumm, *stinkend faul, du bist gut, ich würde ihn eher einen Volltrottel nennen, aber so was hat er nicht verdient*. Sie tratschen, sehen zu, wie andere zu Boden taumeln, bevor sie selbst dran sind.

Nicht, dass keiner sie gewarnt hätte.

Zumindest ist es nicht die Arbeit, die sie ruiniert hat.

Die Niedergemachte *schläft, wie sie sich gebettet hat*, während sie, die Unbeschadeten, die Nichtangeschlagenen, die Nichtabgebrannten ihren Senf dazugeben. Ihr Seelenfrieden begnügt sich mit dem Stolz, den sie dabei empfinden. Wenn sie schon nicht getrunken, nicht gelacht, nicht genossen haben, so sind sie wenigstens würdig. Wessen? So zu enden, wie die Sommer enden, ausgetrocknet, *als Heimchen am Herd*. Bis es so weit ist, reden sie weiter, merken nicht, wie der Krebs ihre Körper der Reihe nach auszehrt. Sie büßen ihre Eierstöcke ein, verlieren ihr Haar, ihre berüchtigten Brüste. Sie wollen nicht, dass Schluss damit ist. Denn wo wir herkommen, meine Tochter, heißt es, dass die Männer ihre Frauen verlassen, *weil sie es verdienen*. Und die anderen bleiben nur, weil sie vorher sterben, sie hinterlassen bissige Witwen, die immer noch stolz auf ihr Geschirr blicken und auf ihre Söhne, die sich, nur zweihundert Meter entfernt, in einem mittelmäßigen Leben mit Auto, geplantem Pool und Grill eingerichtet haben. Über den toten Gatten wird man sagen, dass *sie ihn verschlissen haben*. Es sind Frauen, die so reden.

Frauen, die Karten spielen, Messdiener anleiten, Kalbsleber bestellen, einen Knochen *extra* für die Brühe verlangen und dass man ihnen ein Kaninchen für den Sonntag aufhebt, *mit Kopf, bitte*. Und ich, die ich unter dem Tisch spiele, mitgehe in die Metzgerei, in die Kirche, ich höre es.

Das alles trägt sich nicht irgendwo zu. Je nach Jahreszeit in einem flimmernden oder bleiernen Tal, das sich immer zu fürchten scheint vor dem, was kommt. Einem Schrei, der Kälte, den Hirschen. Es gibt dort nichts, was ineinander übergeht. Ich verbinde mit diesem Ort eine Lebensphase voller Gegensätze, an die ich mich in unvereinbaren Bildern erinnere. Der Schnee gegen den Schlamm, der ihn tilgt, die Landwirte gegen den Boden, der ihre Erwartungen nicht erfüllt, mein Vater gegen meine Mutter, meine Mutter gegen die Idiotinnen, die Giftschlangen gegen uns, der Frost gegen die Früchte und die Arbeiter stillschweigend gegen die mit Geld und Bildung. Und in Klöstern, die zu Schulen umfunktioniert wurden, kehren die Kinder der einen den Kindern der anderen den

Rücken, hier gesellt sich Weiß nur zu Weiß, als lebte man in der letzten Kolonie. Dort, wo die Luft graublau schimmert, küssen sich allein die Wipfel der Wälder und der Himmel und die Gipfel der Berge. Manchmal sieht man auf der Straße, die mein Dorf von unten nach oben durchschneidet, einen Mann auf einem Pferd vorbeireiten. Jeder kennt ihn, außer mir, oder ich habe es vergessen. Auch sie bildeten eine harmonische Einheit. Aber das war's. Zumindest aus meiner Sicht.

Sonntags sitzen sie da und brüllen ihr Credo, das von der Einzigartigkeit des Menschen und blinder Zustimmung handelt. *Credo in unum Deum, Patrem omnipotentem, factorem caeli et terrae, visibilium omnium et invisibilium.* Sie möchten, dass wir es lernen. Nach dem Glaubensbekenntnis klettert die Krämerin auf den Altar und posaunt die Evangelien heraus, dabei hat sie es auf jemanden abgesehen, auf die Schlampe oder den Säufer. Nach meiner Mutter braucht man hier nicht zu suchen, sie kommt schon lange nicht mehr, um zwischen zwei Biestern ihre Knie zu beugen. Es ist mein Vater, der uns in die Kirche wie überallhin schleppt. Auf die Felder, zu den Bergseen, Hauptsache, raus aus der Hütte. Meine Mutter ist nicht da, also wird über sie geredet. Man findet sie arrogant, *unbequem* und im Grunde zu schlau für ihre Umgebung. *Genügen wir ihr etwa nicht?* Ich nehme es auf meine Kappe und bitte um Entschuldigung. Ich sage, dass sie müde ist. Ich höre nicht, wie sie darauf mit einem *Schon wieder?* antworten.

Während ich dir schreibe, Adèle, liegen die Mütter unserer Mütter im Bett und möchten sterben, *endlich von der Bühne abtreten.* Sie schweigen seit geraumer Zeit zu den wirklich wichtigen Fragen. Auf der ganzen Welt wollen Kinder irgendwann wissen, wieso sie eigentlich, seit sie denken können, durch diese Scheiße waten müssen, welches Gesetz sie dazu verdammt, zu bleiben, zu saufen, zu scheitern. *Red nur weiter*, sie hatten lange vor uns entschieden, dass sie schweigen würden. Ersatzweise male ich mir die trostlosen Geheimnisse dieser armen Wesen aus. Stelle mir all die betrogenen Menschen und nicht bezahlten Dinge vor, die verprügelten, verlorenen Kinder, *die auf der Strecke gebliebenen* Frauen. Ihre Streitereien um Hab und Gut, wie sie sich in falscher Hoffnung hinters Licht führen lassen, Söhne, die losgezogen sind, um in Amerika groß herauszukommen, und tot an Land gebracht werden. Ich wollte Details, weißt du, Oma, ich will nämlich Geschichten schreiben. Keine Chance.

Du bist wie deine Mutter, immerzu am Reden.

Und das nur, um rumzumeckern.

Du stellst vielleicht Fragen! Hast du nichts zu tun?

Also fragt man nichts mehr. Man tut etwas. Man ist Teil der Landschaft. Wie alle Frauen. Außer dir.

Was hängt sie immer noch da rum und starrt Löcher in die Luft?

Es muss raus.

Dieses Buch wird verletzen. Ich habe es zurückgehalten, habe die Zähne zusammengebissen, ich hatte Schiss. Das ist nun vorbei. Ich habe keine Angst mehr, die Dinge haben sich verändert. Ich habe keine Wahl.

Warte da auf mich

Die Sprache beginnt, als ich sechs bin. Vorher konnte ich glauben, dass mich jeder liebt, und davor war ich taub. Mit sechs Jahren halte ich auf der Straße niemandes Hand, so jedenfalls hat es meine Hand in Erinnerung. Um den Autos auszuweichen, werde ich am Ärmel gezogen. *Pass auf, wo du hintrittst.* Ich schaue in die Wolken, ich laufe durch den Matsch, *wenn man Scheiße sagt, ist man selber scheiße.* Ich mache die Schuhe dreckig, die ich nicht tragen wollte. *Machst du das extra?* Ja. *Dann sieh zu, wie du dir neue besorgst.* Die Wolken haben die Formen von Afrika und von Hunden. Wenn man Scheiße sagt, kämpft man.

Aus meiner Kindheit ist mir der Stress des ständigen Zuspätkommens geblieben. Nie kam ich pünktlich dort an, wo meine Altersgenossen bereits versammelt waren. In der Schule, an der Bushaltestelle, auf der Kirmes. Immer war ich woanders, noch auf dem Weg dorthin. Ob am Straßenrand, vor der Haustür oder an der Garageneinfahrt, ich sehe mich permanent auf meine Mutter warten, *die schließlich nicht meine Minna ist*, während die anderen irgendwo etwas ohne mich anfangen und schon nicht mehr auf mich warten. Eine Stunde, zwei Stunden, dreißig Jahre. Ich bin einfach nie zur vereinbarten Zeit am vereinbarten Ort. Zu früh, zu spät, ganz in der Nähe, nicht weit weg, und damit bin ich raus. Ich wäre gern ein Pfeil gewesen.

Aus meiner Kindheit sind mir die Eindrücke in der Schule geblieben. Der Geruch von Tinte und Spiritus aus den Matrizendruckern, die Glocke, das Geschrei und das Kratzen des rauen Fassadenputzes in meinen Handflächen. Die Fassade ist weiß und wird jedes Jahr frisch gestrichen. Damit der Fortschritt nicht in Vergessenheit gerät, ziert eine Halbwahrheit ihren Giebel: »Knabenschule«. Eine Kirche aus dem 12. Jahr-

hundert überragt die Lehranstalt, im Schatten des
romanischen Glockenturms sieht die Republik,
die sie verkörpert, nach nichts aus. Zwischen der
Schule und dem Lebensmittelgeschäft liegt eine
asphaltierte Brache, der sogenannte Vorplatz, auf
dem die Mamas, die echten, herumstehen: Eine
Hand am Kinderwagen, in der anderen ein Papier-
tütchen mit einem Stück Kuchen drin, haben sie
sich eine halbe Stunde vor dem Klingeln dort ein-
gefunden. *Alles nur Show*, sagt meine Mutter. Es
klingelt. Auf den Hof strömt ein Schwall Kinder,
die sofort mit Küssen überschüttet werden, obwohl sie nach Farbe, Pisse und Karotten stinken,
dennoch bereiten die Mamas ihnen stets einen
triumphalen Empfang. Sie haben schließlich nur
sie. Sie arbeiten nicht, niemand stellt Leute ein,
alle machen ihre Läden dicht. Ich verpfeife bei-
läufig einen Mitschüler, das tut gut. Fabien ist noch
nicht draußen, Madame, weil er zur Strafe die Tafel
putzen muss. Er hat gebissen.

Petze! Du hattest doch versprochen.

Überhaupt nicht.

Adèle, alles, was ich hier berichte, wurde genau

24

so gesagt. Ich habe keine Fantasie mehr, ich bin am Ende. Jeder einzelne Satz entspricht den Tatsachen. Was sie zusammengenommen ergeben, ist eine Geschichte, für die ich keine Verantwortung übernehme. Die Gestalten, die sie zeichnen, übersteigen meine Vorstellungskraft, sie sind so wahr wie ein Albtraum. Ich bin diejenige, die davon erzählt, die nichts dafürkann. Die Chaos stiftet. Die nichts versprochen hat.

Die Blicke der Mamas sind auf mich gerichtet. Wer ist dieses Mädchen, das allein dort wartet? Die Tochter von.

Was du nicht sagst.

Dabei muss ihre Mutter doch sonst nichts für das arme Ding tun.

Sie behauptete immer, dass es mir gefällt, wenn man mich armes Ding nennt.

Du spielst dich in den Vordergrund.

Musst du auch mitten auf dem Platz warten?

Eine Stunde, zwei Stunden. Die Mütter kommen wieder vorbei, auf dem Weg zum Lebensmittelladen, zur Messe, um zu gucken. Es ist schon dunkel oder noch hell, je nach Jahreszeit. *Deine Mama ist ja immer noch nicht da. Soll ich dich mitnehmen?* Ich möchte nichts lieber, als in dieses Auto zu steigen und zu diesem Haus zu fahren, wo die Mutter eine Lasagne zubereiten wird, das sehe ich ihr an. Ich sage, nein. Es ist zu riskant. Ich habe es schon einmal gemacht und sie damit gedemütigt: *Deinetwegen werden sich die Leute das Maul zerreißen.* Ich nehme sie in Schutz. Ich erkläre den Mamas, dass meine Mutter anders ist. Sie hat zu tun. Wichtigeres zu tun. Das hat sie mir gesagt, ich glaube ihr. *Ich soll auf sie warten.* Und allmählich geht mir ihr Befehl in Fleisch und Blut über. Ich kann lange warten, ohne zu protestieren. Auf Zeichen, auf Antworten. Auf Männer, eine ganze Nacht lang, die dachten, ich täte es für sie.

Eine Krankenschwester kommt, um meinen Blutdruck zu messen. 98 – *nicht gerade brillant.* Dumpfe Beschwerde über die Gummischuhe. Weites, grünes Tuch. Sie versinkt darin, was schade ist, wirkt dünn darunter, angespannt. Sie ist geschminkt, frisiert und parfümiert, makellos, ihr Dutt, der winzige Ohren freigibt. Die kleinen Löcher zeigen, welche Regeln hier gelten: kein Schmuck, kein offenes Haar. Sie ist hübsch, wie die meisten hier, sogar die älteren, etwas erfüllt sie alle mit Jugendlichkeit, vielleicht sind es die Geburten. Oder es ist Absicht. Man sucht sich die Frauen entsprechend aus, wie bei Flugbegleiterinnen.

Bevor sie verschwindet, leiert sie noch eine Theorie zu den Einwegfläschchen auf meinen Nachttisch herunter, die bei Raumtemperatur servierfertig sind. Diese Fläschchen sind toll, man muss nichts weiter machen, als sie aufzuschrauben.

»Das Gleiche gilt für die Brust. Haben Sie Schmerzen?«

Der Einschuss des göttlichen Tranks geht bei der egoistischen Frau, die nicht ausgesaugt werden will, einher mit starken Schmerzen, es gibt eine Gerechtigkeit. Aber auch eine Tablette.

»Haben Sie die nicht bekommen?«

Und beim Hinausgehen schließt sie mit dem Hinweis:

»Sie hätten danach fragen müssen.«

Da wären wir wieder.

Frag nicht, warte, bis ich es dir gebe. Ich habe mich gefügt, ich warte immer noch. Auf einen Mann, auf Geld, auf ein Sitzkissen und auf meine Tablette. Die, die mit mir gesprochen hat, kommt nicht zurück. Ich habe ein Telefon, wenn ich etwas brauche, soll ich die Eins wählen. Eins. Niemand. Meine Brüste sind gespannt, du schreist, du kennst mich nicht. Und wenn ich dich einfach einer anderen in den Arm drückte, würdest du den Unterschied merken?

Deutlich später erscheint eine deutlich jüngere Frau in Rosa, die sich wundert, dass man mir besagte Pille für nichtswürdige Mutterkühe so lange vorenthalten hat, und bringt sie mir binnen Sekunden. Es ist ihr peinlich. Sie sagt, eine solche Missachtung, das sei nicht üblich. Natürlich ist es das. Frauen sind der Geringschätzung anderer Frauen ausgesetzt. Das ist ja der ganze Schlamassel, Adèle. Männer, okay, Männer, ja klar. Aber den Hass der Frauen auf ihr eigenes Geschlecht, den wirst du noch kennenlernen.

Wo war ich stehen geblieben? Auf dem Platz vor der Schule, wo ich mir seit Ewigkeiten einen abfriere. Ich warte und reiße mich irgendwann los. Ich gehe zu Fuß durchs Dorf.

Musstest du unbedingt durch den ganzen Ort laufen, damit jeder sagt, das arme Ding? Oder sie taucht endlich auf. *Wie bitte? Ich bin doch nicht dein Taxi.* Meine Mathe-Hausaufgaben kann ich vergessen. Um arbeiten zu können, muss ich mich zurückziehen, und wenn ich mich zurückziehe, sucht sie mich. *Meinst du, du bist hier im Hotel?* Im Grunde ist es allen egal, ob ein Mädchen rechnen kann. Ich verstecke mich oder mache mich nützlich. Ich lese, bis mir die Augen aus dem Kopf fallen.

Glaubst du, ich hätte Zeit zum Lesen gehabt?
Hast du nichts zu tun?
Mach, dass du wegkommst.
Meine Großmutter:
Dass die immer so rumtrödeln muss!
Los jetzt.

Sie werden sagen, dass ich lüge. Aber das spielt keine Rolle. Schließlich bin ich diejenige, die schreibt, und du bist die, die zuhört.

Irgendein Erwachsener behauptet, um nicht weiter nachdenken zu müssen, ich sei *meinem Alter voraus*. Einfach so, auf Grundlage von nichts, das würde *einiges* erklären. Ich bekomme alles um die Ohren gehauen, was Menschen, die ihrem Alter voraus sind, verkraften können, und da es zu spät ist, um normal zu sein, versuche ich, die Klasse zu wiederholen. Ich nehme das Tempo raus. Damit alles planmäßig läuft, schwänze ich den Unterricht, melde mich nicht, *gebe Widerworte*.

Was bringt es dir, wenn du jeden Mittwoch nachsitzen musst?

Planmäßig läuft es bei mir nie. Jedes Jahr aufs Neue nötigt man mir die Versetzung in die nächste Klasse auf, ich bin ein Versager, an den niemand glaubt. *Sie wird es schon schaffen. Sie muss es nur wollen. Um die machen wir uns keine Sorgen.* Offensichtlich.

Ich habe nie wieder richtig in meinen Rhythmus

gefunden. Außer beim Schreiben. Ich renne, oder ich kollabiere. Ich bin eine Frau mit wenig Atem.

Seither schlage ich mich, mit oder ohne Luft, irgendwie durch. Was mich umbringt, ist nichts im Vergleich zu dem, worauf ich hoffe. Die Literatur. Da, wo ich herkomme, Adèle, sind Frauen Arbeiterinnen, die Ingenieure heiraten und dann Arbeiterinnen bleiben, bestenfalls vor dem Fernseher. Ich weiß besser als jede andere, dass es darum geht, die Ausgangslage zu verändern. Dafür gibt es Abkürzungen. Die Prostitution. Aber dafür muss man begehrt werden. Heiraten, aber das ist Selbstmord. Ein Studium. Und damit meine ich nicht irgendein Studium an einer Hinterwäldler-Uni, sondern ein richtiges, an einer Grande École. Aber von deren Existenz weiß ich damals noch nichts, bei uns im Dorf spricht man nur mit den Jungs über so was, wenn überhaupt. Ich glaube – keine Ahnung, woher ich das habe –, dass es eine Daseinsform gibt, die einen für immer heraushebt: das Schreiben. Die armen Frauen beugen sich über Waschbecken, Böden, Schwänze, Schüsseln, Kinder, Hühner. Eine

Frau, die sich über ein Heft beugt, ist ein Mann. Sie ist ein Mann, und niemand geht ihr auf den Sack. So stelle ich mir mein Leben seit zu langer Zeit vor, als dass ich mich jetzt davon befreien könnte, darin verbirgt sich eine ungeahnte Begrenzung, die mir fast verbietet, meinen eigenen Körper zu bewohnen. Aber du, Adèle, mein Kind des Spätwinters, du wirst es wissen: Eine Frau, die sich über ihre Kunst beugt, ist ganz normal.

Mach, dass du wegkommst

Man sagt nicht, bei mir zu Hause. Man sagt, bei meinen Eltern. Bei meiner Mutter.

Adèle, es geht nicht darum zu urteilen. Die Kindheit meiner Mutter ist gleichsam ein rappelvolles Haus, sieben rivalisierende Kinder teilen sich drei Zimmer. Sie musste, um durchzuhalten, von dem Tag träumen, an dem sie sich in ihre eigenen vier Wände zurückziehen konnte und einzigartig sein durfte. Sie erträgt kein Kind mehr in ihrer Nähe, zumindest nicht lange. Dabei macht es keinen Unterschied, ob es sich um ihr eigenes handelt.

Du bist in meinem Haus.

Ich kann hier nicht einfach herumlungern. Mir ist mit neun Jahren klar, dass man mich dann rausschmeißt. Schon damals fühle ich mich verloren.

Mit achtzehn solltet ihr euch besser verziehen.

Ihr, das sind ich und mein Bruder.

Mein Bruder und ich!

Was, wenn es keinen Ort gibt, an dem man sich aufhalten kann? Wer wird mich wollen, wenn meine Mutter mich nicht *an ihrem Rockzipfel* haben will? Die Angst lähmt mich. Ich sehe meine Zukunft in Trümmern: Sobald mein Vater weg ist, werde ich unter einer Brücke leben und bald sterben. Ich stelle mir Unfälle vor, ich gehe bei Rot über die Ampel, der Schulbus kommt, und bumm! Auch, was dann folgt. Die Beerdigung, wie leer die Welt meinem enttäuschten Bruder plötzlich erscheint. Das beschäftigt mich stundenlang und rührt mich zu Tränen. *Sie hatte etwas Besonderes, die Kleine*, sagt immer irgendwer an meinem Grab. Meistens eine Lehrerin. Oder die Buchhändlerin.

Bis es so weit ist, nutze ich die Vorteile des Hauses, es ist jemand, auf den ich zählen kann. Es hat Dachböden, die außer Reichweite sind, unerforschte Zwischengeschosse, wo vermutlich immer noch Bücher und Marmeladen vor sich hin schimmeln, die ein wahnhaftes Kind dort hortete, für den Fall, dass eine Furie oder ein Verrückter vorbeikäme. Wenn jemand mit Waffen anrückte, um alle zu erschießen – so was passiert in gottverlassenen Gegenden wie dieser –, er würde mich nicht finden. Mittwochs ist das Haus manchmal wie ausgestorben, von mir allein in Beschlag genommen. Dann bricht eine nie gesehene Freude aus. Ich lege eine LP von Daniel Balavoine auf und lasse die Nadel zehn Mal über dieselben Rillen laufen, und zehn Mal schreit er wie ein Irrer: »Dann werde ich alt sein und kann krepieren, ich werde mir einen Gott suchen, der alles vergibt, ich will unglücklich sterben, um nichts zu bedauern.« Ich schreie lauter als er. Ich tanze. Diese blasse Gestalt, die sich um sich selbst dreht, auf Stühle klettert und außer Rand und Band ist, das bin ich. Ich will unglücklich sterben, um nichts zu bedauern, lange hält die LP das nicht durch.

Wir haben vielleicht drei oder vier Platten, und die muss sie uns verhunzen!

Danach, leergesungen und erschöpft, fange ich an zu stöbern. Ich durchpflüge Schubladen und alles, was nach einem Geheimfach aussieht. Ich suche nach Antworten, nach Dokumenten, nach seltsamen Gegenständen, nach einer Spur, der ich folgen kann, um meine Eltern kennenzulernen oder sie besser erfinden zu können. Meine Mutter registriert das Durcheinander in den Kommoden. *Du hast wieder herumgeschnüffelt, Sachen geklaut.*

Ich weiß, dass das Haus uns gehörte. Meine Eltern hatten das Grundstück auf Pump gekauft, es war nicht mehr viel übrig, um es zu bebauen. Es hatte lange gedauert. Das obere Stockwerk verblieb zehn Jahre in einem hypothetischen Zustand wie der Friede im Haus selbst, und die Bausubstanz war, laut meiner Mutter, beschissen.

Da hat dein Vater sich wieder mal über den Tisch ziehen lassen.

Am Abend strahlt es wie eine Laterne, wenn mein Vater nach Hause kommt, schaltet er alle Lichter aus, brüllt, dass man es in der Dunkelheit aus drei Kilometern Entfernung sieht. Bei den Strompreisen könne man nicht allen Ernstes das ganze Dorf beleuchten. Und am nächsten Tag derselbe Streit, bis er eines Tages weg ist.

Ich bezweifle, dass mein Bruder das gleiche Debakel erlebt hat, obwohl er an meiner Seite war. Für ihn ist es bestimmt besser gelaufen, ihn kümmerte das alles bestimmt viel weniger, die Eltern, ihr Schmerz, das Haus, das wegen einer überhitzten Glühbirne abfackeln könnte. Im schlimmsten Fall wartete er ab, bis sich die Lage wieder beruhigte, ging auf Tauchstation mit einem Buch von Kipling oder Conrad, vertiefte sich in eine Geschichte, die irgendwo auf einer Insel spielte, in anderen Breiten. Bestimmt betrachtete er nichts davon als sein Problem, er hat sie sich genommen, seine Kindheit, während ich, kaum stand ich auf zwei Beinen, die Rolle der Zeugin übernahm.

Keiner hat dich darum gebeten.

Man weiß nicht, was die Leute reden.

Den Leuten ist es völlig schnuppe, aber Einsamkeit macht argwöhnisch, und so stellt sich meine Mutter vor, dass die anderen über sie, über uns reden. Sie vergräbt sich. *Bring bloß niemanden mit her.* Ein paar Kinder stranden damals trotzdem im Laternenhaus, einmal im Jahr. Neugierige Mädchen, flankiert von ihren zu langweiligen und zu netten Müttern, die meiner keine Furcht einflößen können. Ich bitte sie herein und schmeiße sie wieder raus, bevor ihnen klar wird, dass sie sich getäuscht haben: in mir. Ich bin hartherzig. Mir fehlt es an Liebe.

In diesem Haus weiß man in Bezug auf andere Menschen nur, wie groß die Distanz ist, die uns von ihnen trennt. *Du hättest ihnen nichts zu sagen.* Schade, dass ich mit zehn Jahren bereits Worte für ein ganzes Leben gelernt habe. Für die Tonne. Ganz nebenbei bemerkt, die anderen scheinen mir auch nichts zu sagen zu haben. Man muss nur ihre Gesichter sehen, wenn ich in den Klassenraum stolpere, völlig verschwitzt, mit meinem orthopädischen Schulranzen, meiner halben Stunde oder mehr Verspätung, meiner Ohrfeigenvisage und überhaupt in einer Aufmachung, die nach Zuhausebleiben schreit. Die Lehrerin, schön und geschminkt, ist unbedarft, blind, oder sie stellt sich blind: *Immer wollen Sie Aufmerksamkeit erregen, junge Dame.* Das ist echt noch das Beste.

Die Distanz zwischen euch und mir wächst sich zu einem Abgrund aus, es ist zu spät. Ich versuche ihn zu überwinden, nach drei, vier Anläufen liege ich am Boden. *Was will die denn hier? Hast du ihren Einwurf gesehen? Sollen das Liegestütze sein?* Jedes Mal löst sich dann mein ohnehin fragiles Selbstbild in Rauch auf. Mit dreizehn rühre ich mich nicht mehr vom Fleck und träume immer wieder von einem Rollstuhl. Eine Lüge entbindet mich vom Sportunterricht, und ich selbst entbinde mich davon, den Rest zu lernen. Die Schule, das sind die anderen, Lernen bedeutet Zukunft, was also geht es mich an? Zwischen den Bäumen schlage ich meine Zeit mit Büchern und mit den Geistern des 19. Jahrhunderts tot, meines Lieblingsjahrhunderts. Besonders sein Ende hat es mir angetan, als die Männer untröstlich waren und die Königreiche versunken. Mit fünfzehn klaue ich in einem Garten eine Katze, die ich nicht mehr hergeben will. *Was sollen wir bloß mit dir machen.* Mit sechzehn altere ich plötzlich in rasender Geschwindigkeit, blicke zurück auf eine erstarrte Vergangenheit, in der das kleine *schlecht gekleidete*

Mädchen seit Ewigkeiten auf dem Platz vor der Schule wartet. Leere. Aber sich dem zu stellen, ist schlimmer. Vor einem zeichnet sich der Kampf ab, den man führt, um doch nur wie die Mutter zu enden. Daher meine Angst vor allem und mein nicht vorhandener Wille. Ich habe Angst, Dinge zu versuchen, zu reden, *mich zu binden*, wie sie sagen. Ich will nicht scheitern, also verkrieche ich mich. Um mich nicht für etwas entscheiden zu müssen, verzichte ich, noch bevor ich weiß, worauf. Ich ertrage niemanden, keinen von ihnen, es sei denn, es steht das Versprechen einer noch größeren Einsamkeit im Raum, sobald ich die Tür hinter mir und vor ihren fragenden Gesichtern zuschlage. So bin ich, Adèle, ich entziehe mich.

So schlimm war es gar nicht. Du hast es nur nicht so gut weggesteckt.

Und wenn schon, ich war schließlich diejenige, die es wegstecken musste.

Du warst nicht unglücklich, das denkst du dir aus. Du hast vergessen, wie es war.

Ich erfinde nicht, ich wähle aus. In Büchern muss man auf den Punkt kommen: Die Menschen sind, was sie sagen, und nicht unbedingt, was sie getan haben. So ist es nun mal, es ist zum Kotzen.

Sie, meine Mutter, sagt, *ich weiß es genau*. Sie ist die Einzige, die es wissen kann, und ich bin es leid, dass ich diejenige sein soll, die vergessen hat, wie es war. Während ich mit dem Kopf gegen eine Wand schlage, rollt sie vor mir eine Legende der Liebe auf, spricht von Umarmung, Begleitung und Bemühen, der Bösewicht bin ich, seit jeher. Ich, die ich mich verweigere, die sie runtermacht, die *auf nichts hört*. Ich, die ihr den Vater nimmt und den Bruder.
Du wusstest nie, wo deine Grenzen waren.
Ich, die ihr alles wegnimmt, Schmuck, Bücher, Platten, Kleidung, lauter Gegenstände, die ich nie gesehen habe und die sie nicht wiederfindet. Sobald sie etwas vermisst, stehe ich im Verdacht, es an mich gerissen zu haben. Was die Bücher angeht, stimmt es sogar. Sie gehören mir, alle. Das war lange vor ihrer Zeit entschieden und steht außer Frage.

Ich möchte dich waschen. Ich bitte eine Krankenschwester höflich um Erlaubnis, die mich, nicht minder höflich, zum Teufel schickt. Ich soll noch warten, in der Regel lässt man das Kind erst mal in seinem Dreck schmoren. Okay. Das fängt ja früh an. Eine andere erklärt sich einverstanden, und so schiebe ich die Wiege auf die Säuglingsstation. Ein sehr lieblicher Begriff für das, was einen erwartet. Badewannen wie Pulte aneinandergereiht, die Schwestern gucken zu, wie du dich anstellst, als wäre man hier in der Schule. Die nervigste von allen macht sich mit einem sichtlich hämischen Grinsen über die Ungeschicklichkeit der jungen Mütter lustig, man muss sich mal in ihre Lage versetzen: Sie hatte Nachtdienst, wird schlecht bezahlt und dann das hier, meine Fresse. Und anscheinend sehe ich aus wie *eine, die sich für besonders wichtig hält.*

Mach schon, du hast nicht jedes Mal eine halbe Stunde Zeit dafür!

Ich bin nicht schnell genug, ich muss den Platz räumen. Sie sind ein ganzer Trupp. Junge Frauen und alte, die es den jüngeren zeigen wollen. Die

Grinsende kommt auf mich zu, grapscht nach dem Träger meiner Latzhose, der in die Wanne gefallen ist, woraufhin ich sie sagen höre:

Steck das Ding weg.

Wir können nicht den ganzen Tag damit verbringen.

In meinem von der Legeleistung runtergebrannten Hirn möchte sich eine schlagfertige Antwort formen, ich spüre es, ich kenne dieses Brodeln nur zu gut. Eine Sekunde noch, dann wird sich jemand eine Abfuhr einfangen. Pause. Was passiert mir da gerade?

Na los, sie erkältet sich.

Ihre Handgriffe sind zu flink, ich habe nicht gesehen, wie sie die Nabelschnur gesäubert, getrocknet und wieder umwickelt hat. Sie will mir eine einzige Botschaft vermitteln, und die kenne ich auswendig: Ich gehe ihr auf die Nerven, und hier ist sie die Chefin. Wenn sich die Nabelschnur entzündet, nicht ihr Problem. Adèle, ich fange an, dich ganz dringend da rausholen zu wollen. Und, zugegebenermaßen, vor allem mich.

Zurück im Zimmer, parke ich die transparente Wiege, sinke gekonnt in mich zusammen und studiere ausgiebig die Flecke an der Decke. Und das Blasslila. Und das Weiß. Und die Deko. Und »Beschäftigte im Gesundheitswesen, verteidigt eure Rechte«. Und wenn ihr fünf Minuten habt, lest euch doch auch noch mal unsere durch. Das Telefon vibriert dämlich vor sich hin, als befände ich mich noch in einer Welt, in der man Anrufe entgegennimmt. Man kündigt mir Besuch an. Das hat mir gerade noch gefehlt, jemand, der hier völlig verzückt mit dem fünfzigsten Minifrosch aufkreuzt und sagt, wie wundervoll alles ist. Bleibt mir damit vom Hals.

Sie ist ein wildes Gör.

Das bin ich tatsächlich. Mit dreizehn entdecke ich eine Buche, die Königin des Waldes, der das Haus vom Dorf trennt. Während niemand mich sucht, lese ich zwischen ihren Wurzeln den gesamten Maupassant. Der unermüdlich beschreibt, wie ein Leben in der Basse-Normandie aussieht. Unermüdlich auch das Meer, das die Leichen von

Bräuten und ungenießbare Fische mit sich führt. Unermüdlich läuft es stets auf das gleiche Ende hinaus: Die Frauen langweilen sich zu Tode, mit Kindern oder ohne, in Häusern wie in Gruften oder in Museen. Draußen vögeln die Männer andere und zählen ihre Groschen. Ich lese nichts, was in diesem Alter vielleicht angebrachter wäre. Ich verlasse mich auf diese Lektüre, ich habe nichts Besseres. Die Frauen langweilen sich zu Tode, mit Kindern oder ohne, in Häusern wie in Gruften.

Mit sechzehn sehe ich davon ab, Schluss mit allem zu machen, bewahre mir aber eine Trägheit.

Ist dir langweilig? Hast du nicht genug Bücher? Ist der Wald nicht groß genug?

Ich lerne nichts. Ich warte so lange, bis ich Einhörner fantasiere, warte, wie man seit Ewigkeiten nicht mehr wartet, seit der Zeit der eingemauerten Frauen, seit der Theorie von der Erde als Scheibe.

Ich habe gewartet, bis ich zu einer schreibenden Frau wurde.

Nein, es gibt nicht genug Bücher, und der Wald ist nicht groß genug.

Du weinst nicht mehr. Ich habe deine Dosis instinktiv auf dreißig Milliliter erhöht. Ich werde sagen, dass ich etwas verschüttet habe. Natürlich, das war es. Wir sind ausgehungert. Ich finde keine Ruhe. Auf dem Bauch schon gar nicht, er ist voll Wasser, er gehört mir nicht mehr. Liege ich auf dem Rücken, tanzen meine Wirbel aus der Reihe, eine einzige Tortur.

»Das kommt vom Pressen, das ist ganz normal. Haben Sie mal versucht, sich hinzusetzen?«

Sitzen bedeutet, einen geschwollenen Körper voller Widerhaken zu quetschen, Flecke zu hinterlassen.

Hör auf, dich zu beschweren, es ist großartig.

Alles ist normal, Adèle, und alles ist großartig. Besonders du.

Du hast schlechte Karten

Tags zuvor haben sie mich wie ein Säugetier behandelt, im günstigsten Fall. Ich bin wegen eines
Kreislaufkollapses hergekommen und habe deswegen die ganze Geburt in den Sand gesetzt. *Wenn
Sie schon mal hier sind, sollten wir die Geburt gleich
einleiten.* Ich bin nicht einmal imstande, normal zu
gebären, ich habe es geahnt. Meine Mutter auch.

Adèle, ich habe zugelassen, dass sie dich mir ent-
reißen, obwohl du dich ankündigst und zur Welt
kommst, wann du willst. Die künstlichen Wehen,
die dich überrascht, dich durchgeschüttelt haben,
verfolgen mich, ich hätte dich verteidigen müssen.
Ich habe dich rausgeworfen, weil man es mir gesagt hat. Ich bin schlimmer als sie alle. Siehst du,
schon geht es los, ich bin dabei, dir wehzutun.
Nicht mehr lange, und ich werde dir ein paar

hinter die Löffel geben, weil ich mir meiner Sache sicher bin. *Es ist zu deinem Besten.*

9 Uhr. Wir leiten bei der Dame von gestern Abend die Geburt ein, wir haben schließlich nicht ewig Zeit. Erster Versuch. Ich warte, das kann ich gut, wie eine Idiotin, den ganzen Tag. Sie lassen mir ein Bad ein. Ich steige aus der Wanne, quäle mich. Stundenlang. Am Anfang kommt jemand vorbei, um den Muttermund zu messen.

Sie müssen schon mitmachen.

Nie legt das Leben mal eine andere Platte auf.

18 Uhr. Schon seit einer Weile ist niemand mehr aufgetaucht, ich denke, *das ist normal.* Ich bin im Reich der Frauen, und als Frau wage ich es nicht, Umstände zu machen. Sie haben mich schlicht vergessen, wie sie später gestehen. Ein Schichtwechsel, ein loses Blatt, das weggeflattert ist, irgendwer hat irgendwem nicht erzählt, dass in diesem Zimmer jemand wartete.

Ich warte beinah so lange, bis der Zeiger das Zifferblatt einmal umrundet hat, ich halte das *für normal*, zahle die Zeche, völlig umsonst. Das Mittel schlägt nicht an. Ich hätte ein anderes, wirksameres gebraucht, aber nun ist es zu spät.

»Sie hätten sich melden müssen, *wir können schließlich nicht hellsehen.*«

Die Stimme in meinem Kopf, die noch nie verstummt ist, stößt ins selbe Horn. Alle gegen mich.

Du kannst einem ziemlich auf die Nerven gehen. Du bist arrogant. Dafür lassen dich die Leute bezahlen, das ist normal.

Es wird dir eine Lehre sein.

Du dachtest mal wieder, du könntest es dir leisten.

Ich rufe keine Schwester. Ich bin außer mir, in einem Zustand zwischen Schmerz und Rausch, aus dessen Tiefen kein Schrei mehr aufsteigt. Es ist 23 Uhr. Ich gerate in Panik, drücke die Ruftaste. Sie werden mich abholen und mich, ich zitiere, »nach oben in den Kreißsaal schaffen«. Ich drücke die Ruftaste noch einmal. Sie haben mich schon wieder vergessen. Wenig später fordern sie mich auf, mich doch, bitte schön, eigenständig in den Kreißsaal zu begeben, ganz ehrlich, ein schwieriger Abend, heute, verstehen Sie. Normal, sage ich mir, fühle mich mehr denn je wie ein Straßenköter und nehme den Lastenaufzug. Dort treffe ich auf einen benommenen Vater, der im Geiste sämtliche Optionen durchzugehen scheint – Jugendlichkeit, Junggesellenleben, Geld, Kalifornien –, die seinem unentschlossenen Individualismus gestern noch offenstanden. Eine Krankenschwester, in Rosa, dunkle Schatten unter den Augen. Oben angekommen breche ich zusammen, ich sage, Madame, es dauert schon zu lange, ich habe Angst, dass ich nicht mehr die Kraft aufbringe, das Kind zu gebären.

Warum sagen Sie das? So was darf man nicht sagen.

In der Rhetorik nennt man das die Aussageebene. Ich stehe halb nackt, ausgehungert, eingeleitet und verängstigt da, und diese Frau fragt mich, wieso ich so was sage. *Ich habe keine Zeit. Wer hat Sie denn nach oben geschickt?*

Der Gott, der uns das Wort gegeben hat, hat uns maßlos überschätzt. Bei kreationistischen Sprüchen dieser Art, die ich, soweit es mich betrifft, nie geteilt habe, breche ich jedes Mal in Tränen aus, schlimmer als du. Und das reicht, ab diesem Moment ist klar: Ich werde die Verrückte auf dem Stockwerk sein.

Gehen Sie da rüber. Dort, in einem Wartekorridor, wo sich etliche Familien die Beine in den Bauch stehen, wird man sich um mich kümmern. Mein schmerzverzerrtes Gesicht und mein gekrümmter Körper sorgen für eine gewisse Unruhe. Eine Frau, sie ist nur zu Besuch hier, tritt auf mich zu.

»Haben Sie Schmerzen?«

Sie ist Journalistin und bereitet einen Artikel zum Thema Erinnerungsboxen für Babys vor, keine Ahnung, was das soll. Wahrscheinlich sucht sie bloß eine junge Frau, die sie in ihrer Reportage nennen kann, aber das ist mir egal. Es ist das erste Wort seit fünfzehn Stunden, das sich nach Zivilisation anhört. Ich spüre die Hand, die sie auf meine legt, und fange an zu weinen, ich schaffe es nicht, ihr zu antworten. Eine Frau in Rosa kommt des Wegs, ich keuche ein »Bitte« in ihre Richtung.

Ich habe Angst, ich kann nicht Auto fahren. Am Tag meiner Führerscheinprüfung hatte ich einen Unfall. Da, wo ich herkomme, Adèle, bewegen sich die Frauen nicht vom Fleck. Ich habe Angst, dass du es meinetwegen nicht durch das Loch schaffst.

Ich liege. Eine von den Rosa-Frauen mahnt zum wiederholten Mal, dass ich schon mitmachen muss. Laut Vorschrift darf sie mir keine Peridural-anästhesie legen, *solange es nicht richtig losgeht*, sie macht sich aus dem Staub. In mir formt sich ein Gebet wie früher als Kind, als der liebe Gott noch ein Kassenschalter war. Ich bete, dass er jemanden zu mir schickt, und es kommt jemand. Lustig, die Schwester hat wirklich ein Engelsgesicht, und sie heißt wirklich Maria, und es tut ihr wirklich leid. Man hätte mir ein anderes Mittel geben sollen, die Einleitung ist fehlgeschlagen. Und der Anästhe-sist? Der Engel wird ihn auf der Stelle holen, auch wenn er gerade selbst schlafen sollte.

»Danach werden Sie sich entspannen, und es wird wie von allein gehen.«

Mit ihr in den nächsten Stunden an meiner Seite

ist die Welt wieder in Ordnung. Ich möchte, dass ihre Arme dich hier empfangen, aber ihre Schicht neigt sich dem Ende zu. Auf dem Flur wartet bereits das Ablösungskommando. Hoffentlich wechseln sie meinen Cherub nicht gegen eine irdische dumme Gans aus. Sie würde gerne bleiben. Sie geht, als du kurz verschnaufst.

Du kommst, bist da, unversehrt, ganz roh in diesem grellen Licht. Dazu die Kälte, der Lärm. Eine Form der Gewalt, die keinen Namen trägt, deshalb vergisst man sie später. Ich bitte eine Rosafarbene, die Lampe wegzudrehen und die klappernde Tür zu schließen. Dieser Luftzug muss sich eiskalt für einen nackten Säugling anfühlen. Ein Tier wüsste so etwas instinktiv.

Sie wird sich daran gewöhnen.

Sie hat weder die Lampe runtergedimmt noch die Tür geschlossen. Was hätte es sie gekostet? Die Macht, die sie in diesem Raum und nirgendwo sonst hat? Ich möchte die Journalistin wieder in die Finger bekommen, sie soll darüber schreiben. Es ist wichtig.

Sie würden behaupten, dass ich geträumt habe. So wird hier niemand behandelt, schließlich war neulich sogar das Fernsehen da. Wir sind ein anständiges Krankenhaus mit anständigem Personal. Dieses Buch ist eine Schande.

Das mache ich für dich

Du schläfst nicht. Ich drifte ab, zurück in diese chaotischen Jahre, als ich etwa sieben war. Ich soll lesen und rechnen lernen. Und irgendein verantwortungsbewusster Erwachsener meint, das sei das ideale Zeitfenster, um meinen Zähne Schneeketten zu verpassen. Mit sieben, acht, neun, zehn Jahren habe ich den Mund voll Metall.

Wir werden dir nicht ständig alles vorkauen.

Die Schiene ist aus Kunststoff und Draht, transparent, hart, starr. Der Kunststoff drückt sich fest an meinen Gaumen, während der Draht meine oberen Zähne umspannt. An zwei seitlichen Haken wird ein biegsamer Metallbügel befestigt, der außen vor dem Mund vorbeiführt, und daran ein dickes Gummiband, das meinen Nacken und meinen Kiefer, meine Wut und mein Schweigen zusammenhält. So angeschirrt komme ich nicht mehr zu Wort.

Erst denken, dann reden.

Ich werde von nun an nichts anderes mehr tun. Unfähig, meinen Speichel zu schlucken, halte ich ihn stumm zurück. Sie behaupten, ich würde mich weigern, lesen zu lernen. Ich kann lesen, sie wissen es bloß nicht, und ich lege Wert darauf: Lesen, das ist allein meine Sache. Ich spucke alle zehn Minuten in einen Becher unter meinem Pult und schweige. Ich kippe den Sabber nach einer halben Stunde unauffällig in den Gang, zehn Mal am Tag. Ich wehre mich, ich bin noch klein. Die Lehrerin, schön und mit Schmuck behängt, denkt, dass jemand dorthin gepinkelt hat, will aber niemanden demütigen.

Ich glaube, dass die Kieferorthopädin meine Mutter schwer beeindruckt, sie kann ihr verkaufen, was sie will. Die Schecks wandern reihenweise über den Tresen, meine Mutter liebt den Plausch mit der Ärztin von Frau zu Frau, der keiner etwas vormachen kann, mein Vater poltert, wie es seine Art ist, und keiner fragt, ob es wehtut. Mit elf, mit zwölf Jahren. Es macht sich gut, sich um seine Kinder zu kümmern, wenn sie auch bis zur Dunkelheit vor dem Schwimmbad herumstehen müssen, zumindest lässt man ihnen, sichtbar für jedermann, die Zähne richten. Ich habe die Kieferorthopädin, bei der meine Mutter nicht lockerließ, allmählich in die Jahre kommen sehen. *Du wirst mir noch dankbar sein.* Vierzehn, fünfzehn, sechzehn, siebzehn. Nach zehn Jahren, wenn ich richtig zähle, entfernt man das letzte Altmetall aus meinem Mund, und – oh, Überraschung! – dort herrscht ein Riesendurcheinander. Es hat nichts gebracht, aber Hauptsache, jeder hat es mitbekommen. Das Geld hat sich gelohnt. Am Abend gehe ich statt zur Hausaufgabenbetreuung zu einem Physiotherapeuten, der mich zwei Stunden an einem Gerät vergisst. Oder zu einer Podologin, die die Einlage meines orthopädischen Schuhs umändern soll, denn ich habe ja so ein Glück. Ich werde erzogen, und ich werde geradegebogen.

Wenn es wehtut, heißt das, es wirkt.

Es sieht aus wie Liebe und ist das Gegenteil. Ich möchte, dass wir darüber reden. Über den Physiotherapeuten, der sich einen Dreck schert, die unnötigen Schmerzen, das Blut in meinem Mund. Ich werde es mich nie trauen, was mich dahin führt, es jetzt allen zu erzählen.

Weißt du, was das kostet? Das tun wir für dich.

Wenn ich es aber leid bin, nicht immer anders sein will? Sei still, denk an die Sahelzone, an Jugoslawien und vor allem an sie. Sie mit ihrer beschissenen Kindheit, die sie das Monopol auf Leiden hat, was sie wiederum davon befreit, mich zu verschonen.

Adèle, ich fürchte dieses Erbe wie eine Krankheit. Du gehörst mir nicht.

»Hast du mal versucht, das Ganze aus einer anderen Perspektive zu betrachten?« Das musste ich mir anhören, eines Tages, ein Gesprächsklassiker. Was wollte sie damit sagen? Dass sie ein zahnloses Lächeln fürchtete oder eine bucklige Tochter? Wahrscheinlich.

Glaubst du, mir macht das Spaß? Die Leidtra-
gende bin am Ende ich.

Das ist wahr. Hin und her durch die Stadt, stun-
denlanges Warten im Behandlungszimmer, *eine*
Nerverei, die Kieferorthopädin, die sie von oben
herab behandelte. Sie hat es für mich getan. Darüber könnte ich schreiben, statt mich in sentimenta-
len Kindheitserinnerungen zu verlieren. Mit einem
Mal würde es aus meinem Mund Juwelen spru-
deln, wie bei der Prinzessin im Märchen. Ich dagegen bringe nur Kieselsteine zuwege. Ich bin ein
Miststück und schreibe Schund, wie für ein Käseblatt. Wobei so ein Käseblatt sehr nützlich sein
kann. Man kann sich damit im Notfall den Hin-
tern abwischen.

Eine Pflegehelferin öffnet vorsichtig die Tür. Sie
trägt Weiß, es dauert, bis man sich in dieser Farb-
welt zurechtfindet.

»Kann ich Ihnen etwas Gutes tun?«

In dem ganzen Dschungel stellt diese Frau sofort ihre Klasse unter Beweis, indem sie mir ihren
Vornamen verrät, Corinne. Kommen Sie herein,

Corinne. Was sie mir bringt, ist der Gipfel phi-logynen Einfallsreichtums, ein Wunderwerk: mit Wasser vollgesogene und anschließend tiefgekühlte Monatsbinden. Empfange dieses Glück, wer kann, auf dass selbst die, die sich überfordert fühlen, va-ginal entbinden, lasst uns darüber reden. Corinne versorgt mich mit weiteren tausend egoistischen Pflegetipps und kümmert sich herzlich wenig um dich. Es gibt sie, auch wenn sie wie Corinne im Ruhestand sind und ehrenamtlich arbeiten, diese Frauen, die das gerne machen: Mütter bemuttern. Gesteht mir Corinne, fast verlegen. Sie verschwin-det, als man nach ihr klingelt. Die Einrichtung ist zum Überlaufen voll, es ist Mai, pausenlos platzt das Leben herein. Dieser Ort ist nicht feindselig, er bietet Platz für alle: das Biest oder den Engel. Die Hexe oder die Fee.

Glaubst du nicht, dass du dir das alles einbildest?

Ich bin nicht deine Freundin

Zu Frauen, die ihre Töchter mögen, sagt sie, *eine Mutter ist keine Freundin.* Mädchen, die einen Freund haben, nennt sie Herumtreiberinnen, und Jungs sind verboten.

Wage es nicht, mir einen Kerl anzuschleppen.

Okay.

Das kannst du tun, wenn du dein eigenes Leben, deine eigenen vier Wände hast.

Okay.

Mach, dass du wegkommst.

Okay. Ich bewege mich immer sicherer in meiner seltsamen, mit Büchern gesättigten Nacht. Ich sehe Schatten und werde bald alles gelesen haben. Mädchen, die ihre Knie zeigen, findet sie *vulgär,* wir schreiben das Jahr 1996. Über die Hübschen und Gepflegten sagt sie, dass *sie ihre Mutter nach-*

äffen. Alles Weibliche wird verdammt. Eine Tür nach der anderen schließt sich. Ich weiß nicht mehr, welchen Weg ich noch gehen soll. Alles ist verboten, alles ist *porno*. Sie reißt mir das *Tagebuch einer Kammerzofe* aus der Hand, das ich für die Schule lesen muss – *porno*. Sie schaltet das Radio aus, *porno*. Mädchen, die sich die Beine rasieren, nennt sie *Flittchen* und die Sonnengebräunten *dämlich*.

Ich beschütze dich nur. Du wirst mir noch dankbar sein.

Ich betrachte die Sonne, wie ich neue Klamotten und Geburtstagsfeiern betrachte. Alle außer mir haben etwas davon. Sollte ich zufällig einmal eingeladen sein, auf eine Geburtstagsparty oder in den Urlaub: *Meine Mutter will nicht.*

Irgendwann lassen sich die anderen damit nicht mehr abspeisen. Wir sind schließlich in einem Alter, in dem man Dinge verstehen möchte. *Hat deine Mutter einen Knall, oder was?* Ich denke, ja, sage aber, dass sie sich eben Gedanken macht. Dass sie für mich *sortiert*, was *sich lohnt* und was nicht. Die anderen haben das Gefühl, dass ich sie für blöde Kühe halte, und ziehen sich zurück. Ich verpasse weiterhin jeden Termin. Ich lese alles, was mir in die Hände fällt, alles, was ihr durch die Lappen geht. Mein einziges Fenster zur Welt sind Taschenbücher, die nie gut genug versteckt sein können. In einem Buch von Anaïs Nin erfahre ich, dass ich ein Geschlecht habe, und bei Philippe Djian, was die Männer damit anstellen. Hört sich super an. Bei mir, denke ich, funktioniert es bestimmt nicht. Niemals würde meine Mutter etwas, das ganz offensichtlich viel Spaß macht, erlauben. Ich versuche es nicht einmal.

Ich sehe aus wie ein Junge. Gebürsteter Topfschnitt, untragbare, abgenutzte Klamotten, unbehandelte Akne.

Lerne, dich so zu nehmen, wie du bist.

Glaubst du etwa, mir hätte irgendwer eine Creme gekauft?

Schuhe wie Kindersärge, die in Richtung orthopädisches Modell gehen.

Willst du später lieber mit X-Beinen rumlaufen?

Als Junge leide ich ein bisschen weniger. Wenn ich ein Junge bin, muss ich ihnen nicht gefallen.

Ich arrangiere mich. Ich lebe im Maskulinum. Ich bin ein zufriedener, glücklicher Mensch, ein Angsthase, ich bin ein Romanautor, Ihr ergebener Diener. Das »-in« will einfach nicht raus, die Zunge scheitert jämmerlich daran. Das »-in« wirkt lächerlich wie ein Unterrock, auch heute noch unvereinbar mit der unvollkommenen Freiheit, die ich mir vor ihren Augen genommen habe. Mögen mir diejenigen verzeihen, die für unsere Löhne, unsere Körper und das Geschlecht von Wörtern in den Kampf ziehen. Ich hätte mich anders verhalten sollen.

Sie hat mit mir nie über die Liebe gesprochen. Außer über die göttliche. Was auf dasselbe hinausläuft. Sie hat mich nie angefasst. Von Sanftheit weiß ich wenig, nur so viel, dass sie das Fell von Tieren beschreibt.

Jugend.
Sie legt sich einen Panzer zu.
Du hast dir einen Panzer zugelegt.
Die Blütezeit der Liebe ist ein Winter. Ich weiß,

schon lange bevor sie beginnt, dass ich kein Anrecht darauf habe. Sie vergeht ohne mich. Du wirst sehen, Adèle, manchmal hoffe ich, dass sie wiederkehrt, schließe für fünf Minuten die Augen und hänge einem albernen Traum nach. Ich stehe auf einem Bürgersteig in einem Einfamilienhausviertel. Gegenüber ein blonder Junge, zu groß, zu dünn, der am Eingang zu einer Veranda 9, 8, 7 zählt. Die Zeit, die er mir nach Monaten nahezu mittelalterlichen Werbens noch lässt, um zu ihm zu kommen. 6, 5, 4. Ich träume, dass ich bei drei über die Straße laufe und ihn küsse. Ich bin jedoch in die entgegengesetzte Richtung losgerannt, ich war zu spät dran.

Mein Alter entspricht der Zeit, die ich damit verbracht habe, von innen gegen die Rüstung zu klopfen.

Ich schreibe, und niemand kann mich küssen.

Jugend, und außerdem. Die ständige Angst. Eines Abends läuft es mir kalt den Rücken hinunter, als sich unsere Wege kreuzen, sie merkt es. Ich kassiere eine Ohrfeige, weil ich *Angst vor meiner Mutter* habe, wenn das keine Schande ist. Sie schreit, zeigt sich scharfsinnig: *Angst ist etwas, das man in sich trägt, sie bezieht sich nicht auf ein Objekt.* Stimmt. Die Angst vor ihr ist mir in den Kern meiner Zellen eingeschrieben, seit dem Ursprung der Matrilinearität, als die erste Mutter die erste Tochter terrorisierte. Mit den Zellen verhält es sich wie mit Küchen: Man kann sie putzen. Und Krebserkrankungen kann man aus dem Weg gehen. Das hat sie mir gesagt.

Du wirst dir noch einen Krebs holen bei der ganzen Grübelei.

In dieser Zeit lerne ich, meiner Mutter aus dem Weg zu gehen, für immer.

Also:

Du hast dich für die andere Seite entschieden.

Die andere Seite, das ist mein Vater, seine Mutter, seine Schwester, seine Cousine. Und ganz generell, wenn du ein bisschen tiefer gräbst, sind es die Gutbürgerlichen. Die Großmäuler, die Gebildeten, die über die gesellschaftlichen Codes verfügen. Weil ich es oft genug höre, glaube ich daran.

Am Ende denke ich, lieber dieser Weg als jeder andere. Bürgerlich, großmäulig, ein bisschen gestriegelt – so werde ich. Dafür danke ich meinem Vater, seiner Mutter, seiner Schwester und seiner Cousine, es hätte schlimmer kommen können.

Du hast dich entschieden, deine Mutter zu töten.
Du hast deine Mutter getötet.

Sie hat keine Angst vor Wörtern, vor Übertreibung, davor, sich lächerlich zu machen. Die Wirkung ist das Wichtigste, es geht darum, den anderen zum Schweigen zu bringen, zu gewinnen. Ich habe bereits das ultimative Verbrechen verübt, und noch besser, ich habe schon dafür bezahlt. Und sollte es menschlichen Abschaum auf der Erde geben, der es fertigbrächte, seine Mutter ein zweites Mal zu töten, dann wäre ich das.

Im Übrigen bin nicht ich es, die sie tötet. Es versteht sie einfach niemand.

Hier ist es drei Uhr morgens. Du willst nicht schlafen, Adèle. Als würdest du über meinen Zorn wachen. Ich schiebe die Wiege den Flur hinauf, ich möchte dich gern einer vollständigen Frau anvertrauen, einer, die ein »-in« zu bieten hat. Ich klopfe an eine Tür, völlig willkürlich. Ein erstes Zeichen, dass ich verrückt werde?

Sie hat mir nicht gesagt, dass man lieben lernen kann.

Sie hat mir nicht beigebracht, mir selbst zu verzeihen.

Sie hat mir auch nicht beigebracht, geduldig zu sein.

Sie hatte keine Freundin, und sie war nicht meine Freundin, sie war unerschütterlich einsam. Mir ist nie eine überzeugtere und überzeugendere Form des Leidens begegnet, und ich stamme direkt davon ab. Kein Wunder, dass ich die Flure dieser überfüllten Entbindungsstation auf und ab gehe, auf der Suche nach einem Platz, wo ich die Wiege abstellen kann, ich will abhauen, dich retten, ein Buch aufschlagen, Licht, Heizung und alles andere sparen, so wie ich es kenne. Ich bin nicht verrückt, ich liebe dich bloß bereits. Mutter sein, das werde ich in den nächsten Wochen lernen, bedeutet, überall auf der Welt Orte zu finden, Ecken und Winkel in Häusern, und mit seiner Kraft sehr weit gehen zu können. Ich werde einen kühlen Ort suchen, an dem ich im Sommer deinen Schlaf hüte. Und einen Ort, an dem ich dich beim Laufen beobachten kann. Außerdem einen sicheren Ort, an dem ich dich lassen kann, falls ich einmal verschwinden oder genesen muss. Ich werde nach stillen Orten suchen, wo ich mit dir sprechen kann, an denen wir uns verstecken können.

Du bist nicht der Nabel der Welt

Dieses Buch ähnelt schon jetzt einem Gewitter im Juli. Wenn man nicht weiß, woher diese Schattierungen von Blau und Schwarz rühren. Ich hätte mit ihren Leben beginnen, hätte sagen sollen, was ich über die Frauen weiß, von denen wir abstammen. Wir alle tragen den Namen der Jungfrau. Maria. Wegen des Lichts, der Gnade, der Fürsorge. Wegen all der Dinge, die den Heiligen vorenthalten werden. Sinnlichkeit, Fröhlichkeit, das Recht zu irren.

Das auf dem Foto ist die Mutter meiner Mutter. Die, die ich liebe. Die lacht, um zu überleben, die mir von den Tieren erzählt, von einem Pferd, das sie besonders mochte, von den Namen, die sie der Herde auf dem Hof gab, von dem Vieh, das man den Deutschen überlassen musste. *Es war Krieg, was willst du machen.* Und das Pferd, ja, das ging auch an die Deutschen. Hastig näht sie, zwischen dem Gang zu den Hühnern und dem Gang zum Friedhof, den Saum meiner Jacke wieder zu. *Beim Laufen sieht man es nicht.* Sie mogelt sich nicht mit einem *Faulenzerfaden* durch, wie ihre Schwester. Zehn Mal zieht sie einen Faden durch das Nadelöhr, geschickt, unermüdlich. Sie hinkt, hat Schmerzen, wie ich später erfahren werde. Aber lange Zeit lacht sie. Ich halte, was sie mir geschenkt hat, für Gold: ihr Lachen. Nicht ihren Humor, sondern ihr Lachen, zwei völlig verschiedene Paar Schuhe. Und ihre Wut. Und auch die Geduld, die man in der Wut braucht, um sie irgendwohin zu lenken, habe ich von ihr.

Drei Pferde, Adèle – nur nebenbei bemerkt, falls ich vergessen sollte, es zu erwähnen, bei dem Leben, das wir gewohnt sind –, drei Pferde führte sie vor dem Pflug. Nicht eines oder zwei wie jeder andere. Drei. Die Männer zollten ihr Respekt. Niemand außer ihnen, den harten Jungs, spannte drei Pferde an. Sie erzählte, dass einer von ihnen eines

Tages auf sie zukam, weil er wusste: drei Pferde, sie, ganz allein.

Klar, der brauchte eine, die anpacken konnte.

Sie, die stirbt, während du geboren wirst, im vollen Bewusstsein ihres Alters, sie, diese starke Frau mit der hellen Haut, ihren klaren und seltenen Worten, ihrem ebenso klaren und doch finsteren Blick, auch sie gleicht einem Gewitter. Sie, die Aufrechte, ein fast vergangenes Jahrhundert, ein nicht enden wollendes Verstummen. Zunächst Männern gegenüber, *denn da stößt man sowieso auf taube Ohren.* Und dann allen gegenüber, weil sie nichts mehr zu sagen hat. *Der Schaden ist angerichtet.* Mit ihr gingen wir *die Gräber sauber machen.* Ich werde sie mein Leben lang vor mir sehen, wie sie auf dem kalten Stein kniet und ohne Handschuhe die gefrorenen Blumen auf dem Grab irgendeiner Maria zurechtzupft. Wie sie irgendein unverwüstliches Kraut umtopft und das Keramikporträt der Alten schrubbt. Sie war äußerst sorgfältig. Sie hatte keinen Zweifel, dass die Vorgänger-Marie unter der Erde immer noch über sie urteilte. *Die hat mir die Hölle heißgemacht.*

Und auch allen anderen nach ihr würde sie die Hölle heißmachen. Sich die Schulden der jeweiligen Vorgängerin doppelt zurückzahlen lassen. Nur die Männer, die auf der Baustelle, im Büro, im Wald oder bei den Huren ihrem Leben nachgingen, die würden verschont bleiben.

Die haben schon genug am Hals, los jetzt.

Neben der Wiege, die ich nicht umstoßen soll, betreibe ich Grabpflege. Das braucht seine Zeit. Ich mache es für dich. So lange, bis das Blut wieder zum Herzen hochfließt.

Meine Mutter. Stell sie dir als kleines Mädchen vor, sechsjährig, während eines Ausflugs mit der Gemeinde an die verwahrlosten Strände im Norden. Sie kann nicht schwimmen, zumindest nicht gut, sie reißen sie mit ins Wasser, schauen dann weg. Keiner hört sie, sie ist am Ertrinken, sie bemerken es spät. Sie ziehen sie an Land, glauben, sie sei tot, irgendwer ist Arzt und bestätigt es, jemand bekreuzigt sich, jemand anders geht zu einem anderen Arzt, der sagt, dass so etwas hin und wieder vorkommt. Ein Streich, den sich das Herz erlaubt. Man kann, obwohl lebendig, vollkommen tot erscheinen. Er rettet ihr das Leben.

Einmal, an einem Tag der Ruhe und der Asche, sagte sie, dass es ein Fehler war. Dass sie schon damals keine Lust mehr auf dieses Leben hatte. Sie hatte sich unbewusst dafür entschieden abzutreten, man hätte sie in dem kalten Wasser untergehen lassen sollen. Deshalb das alles, Adèle, alles, was dann folgte, rührt daher. Sie hat es nie geschafft, wirklich zu leben, zu atmen, ohne zu brüllen. Sie brüllte immerzu, wegen allem und nichts, unseretwegen, weil sie nicht mehr konnte, weil bei ihr *Land unter* war.

Ich mag mich um die feminine Form von Wörtern drücken, sie, das wirst du sehen, falls du sie mal triffst, vermeidet das »Ich«, das Verantwortung übernehmen würde.

Man hat mir das Leben versaut.

Man hat mich daran gehindert zu studieren.

Man hat mich in dieses Haus weggesperrt.

Sie haben über mich geurteilt.

Es hat mir die Luft abgeschnürt.

Sie haben mir nur blödes Zeug zum Muttertag geschenkt.

Das machen sie mit Absicht.

Glaubst du etwa, mir hat irgendwer gratuliert?

Und mich, die ich auf sie folge, möchte sie abwechselnd mit sich in die Tiefe reißen oder davor retten. Sie weiß es nicht mehr, weiß nicht, wie man es richtig macht. Man sollte es diesem alten Kind verzeihen, es ist völlig außer Atem, seit sechzig Jahren schreit es, dass man es aus der Kälte holen soll und hat nicht mitbekommen, dass dies längst geschehen ist. Ich kann nicht verzeihen, dafür reicht mein Stolz nicht. Im besten Fall verstehe ich es. Aber auch das ist nicht gesetzt.

Die Mutter meines Vaters. Sie gehört nicht in die matrilineare Abstammungsfolge, aber zwischen 0 und 18 Jahren sehe ich sie jeden Tag. Das zählt, denkst du, das fällt ins Gewicht. Noch eine, die sich ein Dritteljahrhundert abgerackert und dafür keinen Cent gesehen hat, ab und zu ein Schmuckstück, Respekt von ihren Söhnen, ein Häuschen, Urlaub. Heute ist sie krank. Sie vergisst alles. Namen, Daten, Menschen. Sie hat die Seite ins Reich der Erzählung gewechselt, dort ist es egal, ob jemand hört, was sie sagt. Es spielt keine Rolle mehr, ob irgendwer sie versteht. Sie hat ihr Leben gelebt. Sie wiederholt: Bist du mit dem Zug gekommen? Hast du gegessen? Wann fährst du zurück? Bist du mit dem Zug gekommen? Hast du gegessen? Wann fährst du zurück? Überbleibsel einer Dienstbotinnensprache, über die man sich früher nie gewundert hat. So ist es, wenn man in seine Einzelteile zerlegt ist.

Ich weiß schon lange, dass sie stirbt. Sie wollte Lehrerin werden, Geld verdienen, jemanden haben, der sich darum kümmerte, wer was aß, wer mit welchem Zug wohin zurückfuhr. Sie war ein kluger Kopf, *aber das passte nicht in die Zeit.* Also hat man sie aus der Schule genommen.

Man schickte sie arbeiten, weil sie kräftig war.

Es ist nicht so, dass ihr Vater ein schlechter Mensch war. Er war bloß ein Mann seiner Zeit.

Seiner Zeit, Adèle, das heißt einer Zeit der Unterwerfung.

Sie hat nie etwas gesagt, ich meine, wirklich

etwas gesagt. Als Kind habe ich sie einmal gefragt, warum sie sich als Witwe, fünfzigjährig, damit zufriedengab. Kreuzworträtsel lösen, der Garten, zweimal im Jahr das Tafelsilber, zu Allerheiligen drei Gräber mit Blumen schmücken. Sie sagte, ich habe schon gelebt. Das Passé simple, die Vergangenheitsform, mit der man Ereignisse, Erlebtes schildert, hatte sich schon früh für sie erledigt, in dem Moment nämlich, als sie hinter dem Sarg eines schön gebliebenen Mannes herging und nicht glauben konnte, dass nun alles vorbei war. Ich bohrte nach. Man kann noch mal von vorn anfangen, mit solchen Beinen, so eine kühle Schönheit läuft doch sonst nicht in unserem Dorf herum, erzähl mir nicht, dass sich nicht auf der ein oder anderen Tanzveranstaltung ein Witwer an Land ziehen ließe? Da wusste ich bereits, dass man zu neuem Leben erwachen kann. Dass es vor allem für Frauen darum ging, zu neuem Leben zu erwachen. Das, nichts anderes, bedeutete Ewigkeit. Am Boden liegen, wie erschlagen von etwas oder jemandem, und sich dann wieder aufrichten. Denn der Tod ist uns zur Gewohnheit geworden.

Du stellst zu viele Fragen, hat deine Mutter dir das noch nie gesagt?

Ich bin die Letzte in der Reihe. Ich komme nach »den Maries« und den anderen, die allesamt zusammengebrochen sind. Nach der, die nichts mehr aß, um die Taler beisammenzuhalten, nach der, die man über die Alpen schleppte, damit sie anderswo diente, nach der, die bei einem Erdbeben verloren ging, als sie noch ganz klein war. Die Böse, die Knausrige, *die Arme*, die keine eigene Geschichte, sondern *Ausreden* hatte.

Man muss sie lieben, Adèle. Sie mussten an Hunger und Kälte sterben, ihren Stolz gegen Schläge und Steine verteidigen, damit ich hier bin, mit dir im Gefolge. Wir werden nie wissen, welche großen Wünsche sie mit der Zeit, der Arbeit, der Müdigkeit, den Kindern begraben mussten. Zumal niemand danach gefragt hat. Niemand hier fragt jemals irgendwen irgendwas, nur die Nervensägen und die Faulen stellen Fragen.

Als ob du keine Wäsche aufzuhängen hättest,
nichts lernen müsstest.

Paris? Das Meer? Eine Haushaltshilfe? Vielleicht ein Mann mit feinen Händen oder ein Tänzer, oder vielleicht auch so einer wie der, den sie haben. Nur treuer. Oder doch genau derselbe, ein Schürzenjäger und Spieler. Aber wenigstens einer, der sie ansehen würde.

Nur nicht auffallen.

Dafür werde ich alles tun. Das bin ich euch schuldig. Zum Wäscheaufhängen werde ich mir jemanden suchen, und meine Lektion seid ihr.

Sicherlich hätten sich erzählenswerte Dinge über sie gefunden. Freuden, Eroberungen, Liebschaften. Wir werden nie etwas darüber erfahren. Über ihre Männer hingegen schon. Die Männer haben Grenzen überquert, Familien ernährt, sie sind gefallen, mussten sich dem Feind stellen. Die Männer haben gesiegt oder unter einer Niederlage gelitten. Ihnen gehörte das Vieh, es waren ihre Söhne und ihre Häuser.

Die Frauen hatten ihre Marotten.

Die Frauen hatten etwas zu sagen, allerdings hätte man sie dafür zu Wort kommen lassen müssen.

Insofern rangierten sie zwar vor den Hunden, aber nicht sehr weit.

Jeden Sonntag, den Gott in diesen verdammten Käffern werden ließ, habe ich welche gesehen, die mit einem Blick zum Schweigen gebracht wurden, die sich in die Küche zurückzogen und vor ihrer Mutter weinten, doch die kümmerte es nicht, dass sie *fünf Stunden am Herd gestanden* hatten und *er* ein Schwein war. Die Mutter tat, was ihre eigene Mutter getan hatte und davor deren Mutter, sie sagte, Hände und Herz mit dem Essen beschäftigt: *Du hast bekommen, was du wolltest*, also hilf mir lieber mit dem Salat, hast du deinen Kuchen *wenigstens* aus dem Ofen geholt? Es hätte in einer Schlacht enden können, sie hätten den Aufstand proben können. Stattdessen reden sie, wie sie schon immer redeten. Und ich, ich schreibe.

Seid mir nicht böse. Besser, ich poliere hier eure Grabplatte als dort mit euch und meiner Tochter im Arm zu verrotten. Ihr habt es mir selbst gesagt, an Tagen mit viel Arbeit, *immer noch besser auf der Erde als unter der Erde.* Und dann habt ihr mich zum Händewaschen fortgeschickt. Und als ihr dachtet, ihr wärt allein, habt ihr euch die Tränen mit den Zipfeln derselben Schürze getrocknet, mit denen ihr zuvor euren Katzen den Dreck aus den Augen geputzt habt.

Während ich den dürren Wortschatz eurer Sprache durchlaufe, kann ich das Ausmaß eures Leids nicht mehr fassen, so groß ist es. Ich schäme mich. Ich würde euch dieses Buch der wohlgenährten Bildungsschnepfe gern ersparen. Es geht nicht mehr. Etwas Dunkles in mir diktiert es. Vielleicht seid ihr das, wer weiß.

Pass auf, wo du hintrittst. Ich kann es jetzt hören. Vor allem tritt nicht in die verängstigten Fußstapfen deiner Mutter, all der Frauen, die hinter ihren Männern herlaufen und lange nach ihnen sterben, vor Müdigkeit und Langeweile. Aber zwanzig, dreißig Jahre später habe ich Panik, ich könnte in die getrockneten Fußabdrücke hineinrutschen, mich als lebensuntüchtig erweisen, ich schreie, damit mich jemand findet, voller Angst und in dem Glauben, ihr Wahnsinn sei auch meiner. Bis ich zu einer schreibenden Frau werde. Adèle, pass auf, wo du hintrittst, und mach dem Tanz ein Ende.

Du wirst mir noch danken

Meine Mutter, Adèle, hat mich nicht vor ihrer Not geschützt, dafür aber vor so vielen anderen Dingen. Angeblich habe ich sie getötet. Je schwärzer das Bild, desto schöner die Kontraste. Ich habe nachgedacht.

Ich komme zum ersten Mal mit dem Fernsehen in Kontakt, als ich einen eigenen Apparat besitze, mit ungefähr dreiundzwanzig. Meine Mutter will mich nicht in diesen Müll abtauchen sehen, *guck dir nur an, was da läuft*. Eine Frau singt irgendeinen Stuss, und ein Kunststoff-Panda stimmt mit ein, Hélène und ihre Töchter warten in einer Wohnung darauf, dass drei Deppen an der Tür klingeln. Das Kind heult, dass es ohne Filme am nächsten Tag in der Schule nicht mitreden kann.

Das ist nicht schlimm. Ich sorge für deine Bildung.

Sie legt jeden Monat Hunderte Kilometer in Städte zurück, deren Größe ihr Angst macht. Sie am Steuer, ich hinten, auf dem Weg ins Theater. Auf dem platten Land werden Texte aus dem dramatischen Repertoire nur selten aufgeführt, doch einmal passiert es, Brecht steht auf dem Programm, im Sommer, wir werden dort sein. Mit fünfzehn habe ich das gesamte Werk von Molière intus, schon früh sehe ich, was Alain Françon aus *Britannicus* oder der *Möwe* macht, wie Ariane Mnouchkine den *Tartuffe* neu erfindet; deshalb weiß ich später, was ihre Inszenierung von Stanislas Nordeys minimalistischem *Tartuffe* unterscheidet. Ich folge Figuren, die, mit dem Rücken zur Wand, im Angesicht der Leere, die Luft mit ihren Worten zum Vibrieren bringen, und niemand, wirklich niemand gibt mehr einen Ton von sich. Darüber staune ich heute noch. Ich erlebe Begeisterung, für die man keine Worte findet, und das tiefe Verlangen nach Dunkelheit, nach dem Moment, da einem der Atem stockt, als wir wissen wollten, ob *Loren-*

zaccio nach einem Jahrhundert wieder salonfähig geworden war. In allen Städten, in denen ich bisher gelebt habe, suchte ich immer zuerst eine Wohnung, und gleich danach zog es mich ins Theater, den letzten Ort der Überraschung und der Einigkeit mit meiner Mutter.

Wir ließen hundertmal dieselben Platten laufen, Mahler, Mozart, Sarasate, Bach, bis wir die Bratschen und die Geigen auseinanderhalten konnten und Vivaldis *Herbst* nicht mehr mit seinem *Winter* verwechselten. Sie kämpft. Gegen *das Suppekochen*, gegen die Mütter, die sich durch ihren Anspruch herabgesetzt fühlen und sie beschwören, *diesem verwilderten Mädchen* eine Barbie zu schenken. Gegen mich, die damit einverstanden wäre. *Die Barbie kannst du dir abschminken, damit vermittelt man kleinen Mädchen, dass Frauen Sexobjekte sind, und bereitet sie darauf vor, gefügig zu sein.*

Da muss was dran sein. Jedenfalls hat mich noch nie jemand als Sexobjekt betrachtet.

Sie bringt mir bei, meinen Körper wie ein Königreich zu achten, denn je nachdem, welche Nahrung man zu sich nimmt und welche Gedanken man im Kopf hat, gereicht es der Seele zum Guten oder es schädigt sie. Weißer Reis, weißes Brot, weißer Zucker kommen ihr nicht ins Haus, dabei sterbe ich vor Appetit auf diesen Scheiß, die anderen dürfen das doch auch essen. Die anderen haben keine Ahnung, *sie stopfen sich mit Dreck voll*, wir nicht, darauf brauchen sie sich nichts einzubilden. Sie sagt, dass das Bewusstsein einem eigenen Rhythmus folgt, eines Tages wird auch der Letzte darüber im Bilde sein. Aber das ist mir egal, ich weiß, dass es gefüllte Kekse, Cornflakes in Clownsform und bunte Puddings gibt, während sie immer nur das eklige Dinkelbrot einkauft. Es ist verzwickt, es ist teuer, ich widersetze mich. Morgens schnuppere ich demonstrativ an der Schüssel mit den pestizidfreien und mit Waldhonig gesüßten Bio-Haferflocken und verziehe das Gesicht, als sie warme Mandelmilch darübergießt und eine Prise Kieselerdeextrakt für die Knochenbildung hinzufügt. Sie ist nicht penetrant. Oft sogar sehr behutsam gewesen. Sie verwendet keine tierischen Fette, brät nichts, fürchtet nichts auf der Welt so sehr wie gentechnisch veränderte Organismen, sie hat alles darüber gelesen, sie reinigt das Wasser mit Steinen, und wenn ihre Kinder fiebern, weil sie sich die Winterviren gefangen haben, wacht sie an deren Bett. Sie weiß, dass zu viele Antibiotika die Immunität lebenslang zerstören, ein Fieber hingegen nicht länger als drei Tage dauert. Sie kennt sich aus mit Heilpflanzen und Mineralstoffen, und es funktioniert.

Sie bringt mir bei, dass das, was man sieht, die sinnliche Welt ist, dass es eine Ordnung des Sichtbaren gibt, und sie lehrt mich Demut, weil wir nur zum Hier und Jetzt gehören. Mithilfe von Märchen und Gemälden richtet sie meinen Blick auf ein Universum, das von Kräften bevölkert wird, die ich kennen sollte. In den Steinen, im Wind, im Saft und im Holz der Bäume wimmelt es von Elementargeistern, mächtigen Wesen, die mich begleiten. Wenn ich nur will, kann ich sie hören.

Sie bringt mir bei, mit Abwesenden zu sprechen, mit dem Licht, zeigt mir, wie ich meine innigsten Wünsche den Tiefen der Zeit anheimgeben kann, bis sie, von den Sternen erraten, wahr werden.

Du hast einen Engel, sprich mit ihm. Das Universum hört es.

Sie erklärt mir das Prinzip der Ewigkeit, der Unendlichkeit, und dass, davon ausgehend, niemand Großes zu befürchten hat. Fast niemand.

Und sie bringt mir noch andere Dinge bei, die allesamt in die gleiche Richtung weisen: ihre hohen Erwartungen. Die überzogen und kräftezehrend sind.

Deine Mutter hat die Latte hoch gehängt.

Für deine Mutter ist nichts je gut genug.

Du siehst doch, dass sie dich liebt, sonst wäre es ihr egal.

Danke. Ich bin auch das Ergebnis dieser Entschiedenheit. Sie hat so viele Schatten- und gleichzeitig so viele Sonnenseiten, dass ihr etwas Romantisches anhaftet. Als wäre sie erfunden.

Zurück auf den Boden der Tatsachen, vor mir steht ein kaltes Krankenhaus-Omelett. Ich esse Mandeln und Feigen.

»Fühlt sie sich besser? Sie hat das Tablett ja kaum angerührt.«

Ich fühle mich fehl am Platz. Leute wie wir essen nicht, was auf diesem Tablett ist, Madame, meine Mutter wäre dagegen. Nur damit das klar ist.

Es wird abgeräumt. Ich soll wenigstens ein bisschen frische Luft im Garten schnappen gehen, dafür ist er schließlich da. Oft entscheiden sich die Leute für einen Aufenthalt hier wegen der Bäume, des Chlorophylls und der Aussicht. Ich weiß, ich gehöre nämlich zu den Dummköpfen, die eine Geburt auf Grundlage eines Flyers planen. Das Resultat: ein Zimmer mit Fenster zum Parkplatz, eine Hämorrhoidenkrise.

»Sie meinen einen Hämorrhoidenkranz, das ist ganz normal.«

Danke, das ändert alles. Ein ganz normaler Schmerz also, der jeden Spaziergang zur Qual macht. Ich werde im Flur ein bisschen Luft schnappen gehen, die Mischung aus Sauerstoff, Geschrei und Ammoniak wird es auch tun. Aber vielleicht lasse ich selbst das sein. Bleibe stattdessen hier und sehe mir dabei zu, wie ich in einem vier Quadratmeter großen Abgrund versinke.

»Immer noch kein Besuch? Das würde Ihnen guttun.«

Sie haben doch gesehen, dass mein Bruder mit seinen Blumen wieder nach Hause gegangen ist. Ich habe Angst, dass ich jedem, der über diese Schwelle tritt, den Infusionsständer um die Ohren haue. Ich rühre mich nicht vom Fleck. Ich habe noch nicht zu Ende erzählt. Wenn meine Tochter stirbt, wird sie sterben, ohne im Bilde zu sein, ich könnte sie fallen lassen, so müde wie ich bin, alles möglich. Unfälle passieren, sehen Sie mich nur an.

Willst du wie die anderen sein?

Ich hatte damals nicht den Schneid zu sagen, ja, außerdem hätte das nichts besser gemacht. Zu lange Röcke, zu weite Cordhosen, Stehkragen, *woher willst du wissen, dass das nicht in Mode ist?*, Schuhe, *die halten.*

Nein, nicht die Jeans, die tragen jetzt alle. Hast du etwa Lust, auch im Blaumann rumzulaufen?

Die Kinder machen sich über mich lustig.

Eben weil du einen Stil hast, verpasse ich dir einen Stil.

Man nennt mich die Pennerin.

Wenigstens rennst du nicht der Herde hinterher.

Die anderen treiben Sport, feiern Geburtstagspartys, lesen Magazine, informieren sich über ihre Zeit, haben eine Pubertät, sind sich ähnlich. Und sie haben gnadenlose Mütter: Instinktiv hassen sie meine, die mit einem einzigen Blick abkanzeln, beneiden, Widerstand leisten und sich selbst vernichten kann.

Also, setzen sie ihr Werk fort. Die Kugeln, die sie auf meine Mutter abfeuern, pfeifen mir um die Ohren.

Kann sie sich nicht wie alle anderen benehmen?

Sie muss immer was Besonderes sein, wie ihre Mutter.

Sie jagen mir immer mehr Munition ins Köpfchen. Wie einem Reh.

Die anderen haben alle etwas. Selbstvertrauen, Anziehsachen, die Erlaubnis, bis Mitternacht auszugehen, eine Zukunft, Kontakt zum anderen Geschlecht. Ich besitze nur das Rüstzeug der Armen: Worte. Ich werfe mit Worten um mich. Ich richte damit mehr Schaden an, als ich mir vorstellen kann.

Was haben wir der eigentlich getan?

Ich werde zu der mit der bösen Zunge. Ich bin geistreich, flink, gehässig. Ich habe nichts zu verlieren, sie hingegen alles.

Eines Tages verschwindet meine Mutter. Sie lebt woanders, sie wird zurückkommen. Fern von ihr hübsche ich mich ein bisschen auf, haue bei Prisunic mein gesamtes Konfirmationsgeld, das sie seit Jahren in einer ihrer Kommoden hütet, für Klamotten auf den Kopf. *Du kriegst es, wenn du es brauchst.* Und siehe da, schick, aber schäbig finde ich mich im Schlepptau der Früchtchen wieder, hänge mit den Reichenkindern, den Burschikosen, den Gestylten, den *Abgebrühten* ab. Den Zahnarzt-, Apotheker- und Notarstöchtern. Alle mächtig, alle gleich. Soziologie der Kreisstädte, wo die Kinder der Herrschenden, die sonst nichts draufhaben, den Ton angeben. Ich gehe ihnen auf den Geist, ich habe Angst, ich folge ihnen auf Schritt und Tritt, schaue mir ab, was sie tun und lassen. Wir landen alle bei der Polizei. Selbst das ist ein Triumph. Die Jungs fassen mich nicht an, aber sie rücken näher in jenem Jahr. Ich nehme, was ich kriege. Ein Vergnügen, das sich vervielfacht durch das Gefühl, ihnen etwas zu stehlen. Der Alkohol, die Nacht, was so ein Schüleraustausch eben mit sich bringt an kleinen Ausschweifungen, idiotischen Posen und Ausdünstungen, die Jungs schmecken nach kaltem Tabak, Wodka, Shit, sie riechen nach *Azzaro Chrome* und *Le Mâle* von Gaultier. Schon damals weiß ich, dass meine Mutter nie so lebendig war wie ich in jenem Jahr, *so gleich*, und das geschieht ihr recht. Ich möchte, dass sie es erfährt und mich darum beneidet. Sie hat mich zu ihrer Schwester gemacht, *bitte schön*.

Das unbestimmte Sterben hört auf, das Anderssein hört auf. Ich beschließe es eines Abends an einem Strand in Irland, wo ich kein Wort Englisch gelernt habe, wahrscheinlich wegen des Akzents. Die Haare im Sand, die Beine zusammengepresst, neben mir ein betrunkener Junge, dem es nicht gelingt, sie auseinanderzuziehen. Auch ihm gehe ich auf den Geist.

Ich kann nicht schlafen, und du auch nicht. Die Krankenschwestern haben gesagt, dass sie dich heute Nacht nehmen würden, aber von wegen. Nichts und niemand, außer dem Geräusch der Schlappen, die vom Abend bis zum Sonnenaufgang über den Flur vor meiner Tür schaben. Ich versuche zu schreiben. Die einzige Ruhe, die ich kenne, finde ich in der unerhörten Sekunde, die auf den Punkt nach dem Satz folgt, den man sagen wollte. Ich erlebe diesen Moment wie einen vertrauten Ort, so wie man seinen eigenen Körper erlebt. Es ist nicht wirklich Schreiben. Ich glaube, das ist Beten.

Ich schreibe: »Heute denkt meine Mutter, dass ich deine Geburt in den Sand gesetzt habe.«

Glaubst du, mir hat irgendjemand gesagt, dass ich schön bin?

5 Uhr. Neben der Wiege, die ich nicht umstoßen soll, wiege ich dich in kraftlosen Armen, die offenbar zu mir gehören. Ich muss endlich schlafen. Die Paranoia, die mich mit der Erschöpfung packt, wird mich lauter Unsinn sagen lassen, ich werde mir die Hölle auf Erden vorstellen.

Grünes Biest rückt mit Tropfen an, die ein Pferd sedieren könnten. *Wenn Sie es schon nicht für sich tun, tun Sie es für sie.* Ich will aber nicht. Es ist mein Körper, mein Elend. Man meldet mich bei der zuständigen Stelle, es geht schnell. Am nächsten Tag steht der Seelenklempner auf der Matte, es ist eine Frau, und stellt dumme Fragen.

»Füttern Sie sie gern? Gefällt es Ihnen, sie anzuziehen? Sie zu baden?«

Trinken, Rauchen, Sex machen mir mehr Spaß, aber das behalte ich für mich. Ich bin wohlerzogen bis ins Mark. Mir bleibt nichts anderes übrig.

»Darf ich?«

Sie nimmt dich.

»Bekommen Sie Besuch? Von Freundinnen? Das würde Ihnen guttun.«

Ich brauche es schwierig, komplex und dunkel. Sonst langweile ich mich.

»Ist Ihre Mutter schon da gewesen?«

Immer noch nicht. Meine Mutter interessiert sich nicht die Bohne. Ich hätte einen Affen gebären können. Meine Mutter benimmt sich wie eine Vierzehnjährige, sie denkt nur an sich. Offiziell ist sie krank, sie weiß nicht, ob es ansteckend ist, sie war nicht beim Arzt. Dahinter steht der großmütige Gedanke, dass sie *ihre Enkelin nicht infizieren* will. So verkehrt Sprache sich in Wahrheit.

Die Psychologin sagt mir, dass ich mich ruhig ein bisschen zurechtmachen darf.

»Das Leben hört ja nicht auf.«

Ach so?

Sie hat mir nicht beigebracht, wie man sich schminkt. Ich kann es heute noch nicht, es ist immer zu viel oder nicht genug.

Ich wollte ihr immer gefallen, Adèle.

Eine Bombe bist du nicht gerade.

Ich verzweifle daran, mich damit abzufinden.

Ja, nicht schlecht, aber es wirkt nicht natürlich.

Dünn sein ist nicht schön. Ein paar Kurven würden dir gut anstehen, aber du wolltest ja unbedingt aussehen wie weiß der Kuckuck wer.

In deinem Alter war ich deutlich attraktiver.

Es stimmt, dass sie schön ist, dass sie aussieht wie niemand sonst, wie ein Bild. Ich habe es in der Renaissance-Abteilung italienischer Museen entdeckt, dieses feine Gesicht mit den weichen, verwischten Kanten. Die Haut wie gespannte Seide, die Lippen schmal vor Traurigkeit oder, je nach Gemälde, vor Zorn oder Hingabe. Und manchmal ist es den Malern sogar gelungen, das goldene Glitzern in den grünen Augen meiner Mutter einzufangen. Es ist ein mineralisches Grün, ein seltenes, das ich noch nie irgendwo gesehen habe. Vielleicht ist es auch ein in Gold gefasster Stein.

Ich habe mich nie zur Schau gestellt.

Du zeigst zu viel.

Da, wo wir herkommen, zeigen Mädchen sich nicht. Das müssen irgendwelche Männer vor langer Zeit untersagt haben, und solche Gewissheiten zu erschüttern, bedeutet eine übermenschliche Anstrengung. Meine Mutter hat niemand je gesehen. Und danach war es zu spät.

Was hast du mit deiner Haut gemacht? Das kommt davon, wenn du dich mit so einem Scheißzeug vollkleisterst.

Du hast eine ganz schön verbrauchte Haut für dein Alter.

Was soll ich denn sagen, glaubst du, mir hat irgendjemand gesagt, dass ich schön bin?

Mit dieser Frisur hast du ein echtes Ohrfeigengesicht.

»Vergiss es. Sie war eifersüchtig, das ist alles.«

Sie hatte drei Schwestern. Und man musste gefallen, dem Vater, dem älteren Bruder. Beim Spiel um die Schönste hat sie offenbar früh verloren oder zumindest nichts gewonnen. Und nun wiederholt sie den schwachsinnigen Wettbewerb Tag für Tag, um sich davon zu überzeugen, dass sie im Vergleich mit mir besser abschneidet.

Du bist nicht so hübsch.

Deine Mutter hatte in deinem Alter mehr Ausstrahlung.

Hör auf mit diesen Posen.

Ich verzichte darauf, ihr gefallen zu wollen, Adèle, du bist meine Zeugin. Und ich mache heute die vielleicht wichtigste *Pause* meines Erwachsenenlebens: Ich nehme mir die nötige Zeit, um die Stimme wiederzuerlangen, die ich hatte, bevor ich sprechen konnte.

Eines schönen, rot im Kalender angestrichenen Tages sind wir »in der Stadt«, ich laufe mit ihr eine Straße hinauf. Ein Mann, etwa im Alter meines Vaters, geht vorbei und sieht mich an. Sie ohrfeigt mich, die Leute drehen sich nach uns um.

Das soll dir eine Lehre sein, mit wildfremden Männern zu flirten.

In die Stadt fahren wir, um etwas für die Schule zu besorgen, zum Zahnarzt zu gehen oder in die

Buchhandlung. Kino steht nie auf der Liste. Der Eintritt ist teuer, und wir sind schließlich zu viert. Ein Fluss, trübe und grau wie eine Uniform, fließt durchs Zentrum, schöner wird es dadurch nicht. Wir halten uns immer nur kurz dort auf. Meine Mutter argwöhnt überall feindselige Blicke, sie fühlt sich beobachtet, und vor allem und seit jeher fürchtet sie die besseren Leute. Sie will nicht auffallen, es ist ein Pawlow'scher Reflex, sie war in dieser Stadt Gymnasiastin und Tochter von Einwanderern. Sie war schlecht gekleidet, unsicher und musste viel durchmachen in einer Schule, die sich ihre Eltern nur leisteten, weil sie wussten, dass man aufsteigt, wenn man in die Sphären der Alphatiere vordringt. Mein Großvater hatte mit leerem Magen Grenzen überschritten, Geschäfte gemacht, Sprachen gelernt, er hatte kapiert, wie es läuft. Sie, meine Mutter, lernt in dieser Zeit, nicht dazuzugehören, sich nicht zu verteidigen, begreift, wie bitter das alles ist – diese Bitterkeit ersetzt allzu oft ihre Erinnerung – und was es heißt, am Rande der eigenen Möglichkeiten zu leben. Als überdurchschnittlich intelligentes Mädchen zieht sie daraus eine Art Stolz für Arme, sie weiß, dass sie reicher als andere ist. Es hilft nichts.

Ich glaube, jedes Mal, wenn sie dorthin zurückkehrte, fühlte sie sich plötzlich wieder in diese Zeit in den Sechzigerjahren versetzt, auf die falsche Seite des Klassenkampfes, den in dieser Brutalität nur Kinder führen können. Es war nicht meine Mutter, die damals, zu schnell und ohne meine Hand zu halten, am Ufer des trüben Flusses entlangging. Es war das kleine Mädchen, das für immer schwer daran zu tragen haben sollte, es selbst zu sein. Und ich, die Tochter meines Vaters, dieses integrierten Bürgersohns, war bereits ihre Rivalin.

Ich bin nicht deine Freundin.

Du hast dich für die andere Seite entschieden.

Nicht mir galt die Ohrfeige, die dafür sorgte, dass ich zehn Jahre lang den Blick vor Männern senkte. Ich war einfach die Erstbeste, die sie stellvertretend für alle gutbürgerlichen Frauen dieser Stadt in Empfang nehmen musste, für all jene, die, stolz und hochnäsig, meine Mutter am Rand hatten stehen lassen.

Sie wird behaupten, dass ich fantasiere, und wenn schon. Ich bin Künstlerin. Ich bin größenwahnsinnig. Ich schreibe Wahrheiten auf, ob ich dieser Verantwortung würdig bin oder nicht.

Das wird noch böse enden

Zeit zieht ins Land. Ich vergesse nichts. Ich sammle.

Du wirst einen Mantel des Schweigens darüberbreiten.

Worauf du dich verlassen kannst. Bis dahin rede ich irgendeinen Unsinn, um ihre Stimme zu übertönen. Und ich mache allen möglichen Unsinn, denn es ist ja egal: Es gibt keine Autorität. Nur abends am Tisch, unter dem Licht, drehen Möchtegern-Sätze Pirouetten, es sind schlaffe, vom vielen Drohen entkräftete Gesten. *Gleich setzt es was.* Und wenn schon, es ist egal. Die Autorität erschöpft sich in Müttern, die Dampf ablassen und die Keule schwingen, je nach Müdigkeitsgrad. Genauso verjagen andere in Strohsäcken, aus denen oben ein Wischmopp ragt, die Stare. Kurz gesagt, es ist wirklich scheißegal. Ob ich es mit einer Vo-gelscheuche zu tun habe oder der totalen Abwe-senheit einer Respektsperson: Ich mache, was ich will, *und es wird böse enden*.

Du tätest gut daran, mehr Angst zu haben.

Angst ist eine gute Sache. Ursprünglich diente sie dem Überleben unserer Spezies, sie soll uns vor Gefahren warnen. Was bei mir nicht der Fall ist. Mir ist nie etwas Furchterregenderes als sie begeg-net. Und da ich ihr meine sämtlichen Ängste zu Füßen lege, habe ich vor nichts anderem Angst. Vor nichts und niemandem, sobald sie außer Reichweite ist. *Das wird noch böse enden.*

Durch zu viel Dressur und zu viele Dresseure, durch die Wälder, in die ich fliehe, um ihnen zu entkommen, werde ich wieder zur Wilden. Ich bin ein Wolf. Ganz gleich, wie ich mich kleidungsmä-ßig und sprachlich entwickle, was ich über das Ver-halten von Männern und von Frauen lerne. Was immer ich ausprobiere, mir von dem abschaue, was sie zusammen tun, der wilde Teil in mir wi-dersetzt sich.

Sie ist nicht gesellschaftsfähig.
Sie redet, wie ihr der Schnabel gewachsen ist.

Ich bin ein Wolf, der für das Stadtleben verloren ist. Aber zumindest, Adèle, kann ich auf dich aufpassen. Darin sind Wölfe sehr gut, jedenfalls wenn es um ihre eigenen Leute geht. Weißt du, gelegentlich begegne ich solchen Wölfen. Sie sind immer allein unterwegs, immer in der Stadt, unverkennbar, und jeder zweite schreibt. Auf den ersten Blick wirken sie dressiert, sind scheinbar übersättigt, dennoch ist die Leere, die ihre Mutter geschaffen hat, offensichtlich. Ein unbändiger Hunger treibt sie um die Häuser. Manchmal möchte ich auf sie zugehen und fragen: »Fehlt es dir auch an allem?« Aber keiner sagt etwas, wir rufen einander nichts zu. Wir machen uns gegenseitig Angst. Wir wissen um das Ausmaß des Abgrunds, den nichts und niemand zu füllen vermag. Also nehmen wir Reißaus.

Es wird also böse enden. In der Kleinkriminalität angeblich privilegierter Jugendlicher, auf der Polizeidienststelle, dann vor dem Richter. Es lässt mich kalt. Außer dass der Richter Folgendes sagt:

Sie bestrafen nur sich selbst. Mir dämmert, dass ich mich an meiner eigenen Unterdrückung beteilige. Und das kann ich nicht zulassen.

Es ist ein wichtiger Moment, Adèle. Wir schreiben den Winter 1997. Ich habe eine Marschrichtung für mich gefunden, ein für alle Mal. Seitdem ist es hart, fast unmöglich, manchmal ist mir eiskalt und die Nacht schlaflos, und ich versage oft. Aber dann fange ich wieder von vorn an.

Adèle, beteilige dich nicht an deiner eigenen Unterdrückung. Ich werde dir nichts Universelleres beibringen können. Und sollte sich eines Tages herausstellen, dass ich die Unterdrückerin bin, dann suche das Weite. Ich selbst habe mich viel zu lange im Dunstkreis schwacher Frauen aufgehalten. Was bleibt mir? Ein kleines Buch, das ich ihnen um die Ohren haue, in einer Zeit, in der die Literatur kein Gehör mehr findet.

Ein Schlurfen, das sich zum Sturmschritt entwickelt. Eine Ärztin schiebt sich, wie es Usus ist, ohne anzuklopfen, in den Türrahmen, flankiert von einer Grünen. Unvermittelt fassen sie die

Lage zusammen. Blutungen, Wundheilungsstörung, Blutsturz, folglich eine weitere Infusion. Ich höre nicht richtig zu. Ich verstehe nicht alles. Ich würde gern antworten, dass mir mein Körper gleichgültig ist, dass er sich schon irgendwie durchschlagen wird, dass ich als Frau herkam und jetzt ein Steak bin. Summa summarum, Adèle, können wir gehen, sobald die Blutung aufhört. Du staunst? Ich nicht. Wenn die Launen vorüber sind, muss ich die Wunde nähen, dann sind wir fertig. Keine Sorge, ich werde punktgenau arbeiten. Vor deiner Zeit habe ich Metaphern gehasst, ich habe eine Menge Dinge gehasst.

Ich drücke dich zum ersten Mal an mich.

»Erdrücken Sie sie nicht.«

Wie bitte? Steht mir etwa auf die Stirn geschrieben, dass in meiner Familie die Frauen ihre Töchter ersticken?

Ich erinnere mich nicht daran, dass sie mich umarmt hat. Ich erinnere mich an den ganz unverblümt bevorzugten Bruder. Und vorher, vor mir – es klingt wie eine Entschuldigung: ihre eigene

Mutter, die sie nur *die andere* nannte, die Ohrfeigen, die sie nicht verdient hatte, stundenlang stand sie ihren Brüdern zu Diensten, die es besser hatten als sie. Ich weiß nicht, ob das stimmt. Sie behauptet es, und ich höre es mir an. In einem schamhaften Anfall von Lieblosigkeit erklärt sie mir, dass sie mich gern *später gehabt hätte* oder an meiner Stelle *einen weiteren Sohn.* Und dass es mit meinem Bruder *anders* ist. Keine Mutter der Welt wird jemals zugeben, ich liebe dich nicht, ich kann es nicht.

Adèle, der dunkle Bauch, aus dem du kommst, hat vor dir namenslose Schmerzen in sich geborgen.

Das hättest du besser
hinkriegen können

Ich war eingeschlafen, Adèle. Nicht du hast mich aus dem Schlaf gerissen, sondern ein immer wiederkehrender Albtraum: Ich bin *eine gestandene Frau*, aber noch auf dem Gymnasium, in der Abiturklasse, und dort muss ich bleiben. Gitter, automatische Türen, Schlafsäle. Mein Vater besucht mich, wir sitzen im Sprechzimmer, es tut ihm leid: Er kann nichts für mich tun, ich muss ein Übermaß an Jugend abbüßen, meine Mutter hat es so beschlossen.

Du bist nicht besonders intelligent. Du erweckst lediglich den Anschein. Die anderen sind einfach dumm.

Ich sehe mich, Adèle, freudlos aus der Schule kommen, es ist Herbst, wie alt bin ich? Vielleicht fünfzehn. In der Tasche einen Französisch-Aufsatz, den wir als Hausaufgabe aufhatten. Ich habe eine sehr gute Note bekommen, wie so oft. Ich schlafe zwar im Unterricht, aber wenn es um Französisch geht, schnurre ich die Seiten nur so herunter, eine pro halbe Stunde, und einen Teil meiner Produktion verkaufe ich, um zu sehen, ob das, was ich schreibe, auf Resonanz stößt: gegen Zigaretten oder 20 Franc. Ein fragiles Geschäftsmodell, das wohl nie eine Wachstumsphase erreichen wird. Die Lehrerin erkennt bald »meinen Stil« und sanktioniert meine Kunden. Die wollen ihr Geld zurück, drohen mir. Es prallt an mir ab, denn ich habe einen Stil, hat sie gesagt. Aber noch mal zurück. Ich bin also auf dem Nachhauseweg mit einem Sehr gut in der Tasche und natürlich nicht mehr so dumm, damit herumzustolzieren. Der Aufsatz bleibt, wo er ist – in meinem Ranzen. Sie findet ihn und korrigiert ihn im Nullkommanichts ein zweites Mal, sie weiß es einfach besser. Als sie mir die Arbeit wiedergibt, steht ein Ausreichend darunter.

Deine Lehrerin ist auch so eine, die glaubt, sie wüsste alles.

Ein weiteres Jahr in dieser Gangart. Ich bin siebzehn und habe Abitur.

Aus meiner Sicht hast du kein Abitur. Das ist ein Irrtum.

Zu meiner Zeit bedeutete das Abitur noch etwas. Heute nicht mehr.

Ich glaube ihr.

Sie will mich nicht fertigmachen, Adèle. Sie will nur, dass das Abitur, das sie vor dreißig Jahren gemacht hat, mehr wert ist. Denn das ist alles, was sie hat. Allerdings erklärt mir keiner diesen kolossalen Unterschied, ich hätte es ansonsten verstanden. Seitdem träume ich immer denselben Traum. Ich bin erwachsen und gehe in die Schule. Gitter, automatische Türen, mein Vater im Besucherraum, und meine Seele, im Abiturjahr gefangen.

Du hast das Abitur nicht bestanden, bloß weil sie dir ein Zeugnis gegeben haben.

Diese Hürde hast du nicht genommen.

Hinterhergeworfene gute Noten sind in meinen Augen nichts wert.

Ich werde auf alle meine Auszeichnungen spucken. Und nach neun Jahren Studium werde ich, gelehrt und ausgelaugt, verkünden, dass mein Doktortitel *nichts wert ist.*

Mich hat man daran gehindert zu studieren.
    Und auch zu arbeiten.
    Glaubst du, ich hätte es nicht genauso gut hinbekommen wie all die anderen Frauen?

Du kapierst einfach nichts.
    Jeden Tag, rund um die Uhr, in Bezug auf alles, was ich mache. Das höchste der Gefühle: *Perfekt ist was anderes.*
    Ob sie sich selbst verfluchte, weil sie ihre Tochter als fleischgewordenen Fehler und ihr Leben als Zumutung betrachtete? Es gibt viele Gründe für ihr Leiden. Aber es ist mir am Ende auch egal. Schließlich bin ich es, die seither als unwiderruflich Gescheiterte nur noch lebt, arbeitet und Dinge tut, um etwas auszubügeln. Ich reihe lauter Unvollkommenheiten, lauter Mist und Halbfertiges aneinander.
    Ich zähle deine Finger, zehn an jeder Hand, und möchte am liebsten meine Mutter anrufen,

um sie von diesem erstaunlichen Zufall zu unterrichten.

Sie wird sagen, ich erfinde das.

Wieder bin ich diejenige, die ans Kreuz geschlagen wird.

Nachdem dein Vater mich schon mehr als durch den Dreck gezogen hat.

Bist du stolz auf dich?

Nein, ich bin nicht stolz auf das, was ich schreibe, und ich bedaure jedes Wort. Mein Bruder wird sagen, dass ich ihr das hätte ersparen können. Und ich werde mit ihren Worten sprechen: *Hat sie mich etwa verschont?*

Sie wird mir zum tausendsten Mal erklären, dass mein Verstand Hirngespinste produziert, Trugbilder einer Hexenmutter. Sie, geplagt von namenlosen Krankheiten, wird mir eröffnen, an welcher ich leiden werde. Am Lügen, an dem absonderlichen Wahnsinn von *Töchtern, die sich gegen ihre Mütter stellen.* Abwarten. Die schönste Erfahrung dieser Welt besteht darin, mit immenser Demut auf das Kommende zu blicken.

Du glaubst, du bist clever?

Ich zweifle nicht eine Sekunde daran, dass meine Mutter alle, wirklich alle in diesem Buch kursiv gesetzten Sätze, die sie vom Stapel ließ, genau so von ihrer eigenen Mutter gehört hatte, und die wiederum von ihrer. Auch meine Mutter hat sich nichts ausgedacht. Ich behaupte nicht, dass sie sich rächen will, und ich behaupte nicht, dass sie daran glaubt. Was ich sagen will, ist, dass sie diese Sätze wiederholt, im unmöglichen Bewusstsein der Zerstörung, die eine solche Wiederholung anrichtet. Es geht hier nicht um Liebe, sondern um Automatismen.

Das redest du dir ein

Ich schlafe nicht, Adèle, ich denke nach. Ich lebe seit jeher von Geschichten zum Durchhalten. Ich hatte schon früh Wahnvorstellungen, träumte vom Waisenhaus, von der Scheidung meiner Eltern, vom Kloster, von einer Uniform, in der ich mich versteckte, oder besser gesagt, mit der ich identisch wurde. Schon in der Grundschule gucke ich mir einmal im Monat eine Mutter unter den Frauen mit den schicken Frisuren aus, die, Regenschauer hin oder her, am Ausgang auf ihre Kinder warten, und nicht umgekehrt. Ich nehme von jeder ein Detail – Halskette, Schuhe, Teint, Größe, Lächeln – und kombiniere frei. Aus vier oder fünf Kreuzungen entsteht so bald die neue Frau an der Seite meines Vaters. Sie trägt einen Mantel, lang wie ein Vorhang, Hosen, ist dezent geschminkt und wartet ab 16 Uhr mit einem Schokocroissant auf mich. Sie duftet nach Waschmittel, dem aus der Papptonne, wo immer ein Geschenk drin ist, und nach Parfüm. Einem Duft, den man auf hundert Meter Entfernung riecht, bei uns würde man sagen, *die hat sich vielleicht eingenebelt*. Das Auto, dunkle Farbe, tipptopp in Schuss, mit Klimaanlage, ist eine einzige Parfümwolke. Sie kauft mir Schuhe in der Stadt, die ich mir selbst aussuchen darf, und niemand lacht mich je wieder aus. Oder noch besser: Die Frau meines Vaters bin ich, als Erwachsene. Dann haben wir unseren Frieden. Den Bruder schicken wir ins Internat. Er ist ein Mann, er kommt schon klar.

Was glaubst du denn? Zwanzig Mal am Tag. *Glaubst du etwa, wir können uns das leisten? Glaubst du, ich habe mir ausgesucht, da zu wohnen? Glaub ja nicht, dass du unglaublicher bist als irgendeine andere.* Der Glaube ist die einzige Möglichkeit zu existieren. Wenn ich aufhöre zu glauben, sterbe ich binnen drei Tagen vor Angst und Langeweile.

Soweit meine Erinnerung zurückreicht, denke ich mir Geschichten aus. Kaum weiß ich, wie man das Dings nach einem Akkusativobjekt angleicht, kritzle ich ein Heft nach dem nächsten voll. Sobald ich den Mund aufmache, denke ich mir Geschichten aus. Von Freunden, die ich am Strand kennengelernt habe, von wunderschönen Muscheln, die einer breiten Öffentlichkeit unbekannt sind. Von geküssten Jungs, Zigaretten, vom Ausreißen, ich liefere Erklärungen für alles, was keine hat. Ich erfinde mir ein anderes Leben mit einem Gespür für Details und Wahrscheinlichkeiten, das keiner dieser Dummköpfe um mich herum je in dieser Form entwickeln wird, davon bin ich überzeugt. Denn sie lesen nicht.

Ich bin zu einer Frau geworden, die schreibt, um eine Leere zu füllen. Nicht etwa, um gelesen zu werden.

Mein Aufenthalt hier neigt sich dem Ende zu, du hast 100 Gramm zugenommen. Ich dagegen bereite dem Personal auf der Entbindungsstation Sorgen. Ich und mein fehlender Teil. Werde ich

mich imstande fühlen, meine neue Rolle auszu-
füllen? Werde ich mich bemühen? Werden Sie es
schaffen, das Weinen in den Griff zu bekommen?
Gibt es jemanden, mit dem Sie reden können? Man
würde mich ja gern entlassen, aber wie soll das gehen. Wie wird dieses Kind, das Sie nicht einmal ansehen, versorgt werden? Kann Ihnen jemand helfen, Ihre Mutter oder Ihre Schwester?

Meine Mutter hilft niemandem, sie hat *schon genug gegeben*. Meine Schwester ist Gott sei Dank
nicht geboren. Es ist mir erspart geblieben, meinen
Vater mit einer anderen zu teilen. Apropos, ich lese
in ihren Augen die stumme Frage nach dem Vater,
die später auch deinen Blick wie ein Wirbelsturm
heimsuchen wird.

Sie lassen mich wieder allein.

Durch die Trennwand höre ich, darauf schwöre
ich Stein und Bein, wie die eine vermutet, der Vater sei bestimmt abgehauen. Die andere meint, in
Bezug auf dich, armes Kind. Ihre Millenniums-
stimmen werden immer leiser, kurz verstummen
sie vor der nächsten Tür. Dann, wie geht ihr heute,
Frau Soundso? Braucht sie etwas?

Dein Vater ist nicht abgehauen. Er ist niemals da gewesen. Er war jemand, der hereinschaut, sich hineinstürzt, und ein Niemand. Du wirst sehen, es gibt sie. Flinke Männer, die sich mit dem Wind bewegen, sanft, voll Furcht, irgendwo zu landen. Du bist das Ergebnis einer kurzen Leidenschaft. Sie war weder gut noch schlecht. Einfach nur heftig, elementar. Natürlich habe ich auf ihn gewartet. Natürlich wollte ich wissen, ob er mich geliebt hatte, ob er weit weg war. Aber ich habe nie nachgefragt, ich wollte vergessen, ich habe getrunken, mir jeden Morgen eingeredet, frei zu sein. Ich löschte seine Nummer, legte mir andere Klamotten zu, erzählte wildfremden Menschen von ihm, aß nichts mehr, schnitt mir die Haare. Ich sprach mit niemandem mehr. Und all meine Wünsche trugen seinen Namen. Zweihundert einsame Nächte, in denen ich immer wieder die erste durchlebte. Und dann habe ich es, was die Liebe angeht, gehalten wie meine Großmutter mit der Sprache, ich habe mich für die Seite entschieden, die sich um die Realität nicht schert.

Das redest du dir ein.

Ja, genau, ich habe mir eingeredet, dass er kommt, dass er da ist. Ich habe Kaffee gekocht. Ich habe aufgeräumt. In meiner Version der Geschichte bleibt er bei mir, und wir lieben uns, wie wir atmen. Heulen ist normal. In meiner Geschichte leben wir wie die Wölfe, ich bin glücklich, und meine Mutter kann mich mal. Ich male es mir aus. In meiner Geschichte war ich eine andere, eine, die jemand auserwählt hatte. Ich war heiß, wurde geliebt, meine Mutter hatte unrecht. Ich wurde bestürmt, belagert, aufgebläht. Aber nein, das war gar nicht er, das warst du. Nein, er weiß es nicht. Darüber machen wir uns später Gedanken. Schlaf jetzt.

»Wie geht es Ihnen beiden?«

Diese Frage habe ich schon vor zehn Minuten beantwortet. Nie hat man seine Ruhe. Aber wenigstens taucht mal wieder eine in Rosa auf, ist also okay. Das rosa Volk ist nämlich freundlich, seine Leute haben sanfte Stimmen, weiße Leinenturnschuhe und einen Umgang, aus dem die Liebe zu ihrem Beruf spricht. Die Rosanen, das sind die

Hebammen. Diese hier will sich vergewissern, dass die Wunden trocknen, die Fäden sich auflösen und die Schwellung zurückgeht. Sie streicht mit ihren Fingern über meine Haut, ich spüre nichts, das Ödem zwischen meinen Nerven macht mich taub.

»Und?«

Also, da stimmt was nicht. Es ist nicht so, wie man es von einer Vagina in diesem Stadium, vier Tage nach der Entbindung, erwarten würde.

Ich trödle sozusagen rum. Als fände ich es toll, im Knast zu sitzen. Ihre weißen Turnschuhe kommen frisch aus der Waschmaschine, das sieht man. Orangefarbene Kränze, groß und rund, zeugen von zwei Blutflecken. Sie muss sie während einer Geburt getragen haben. Blut kriegt man nur schwer wieder raus, ich versuche mich an den Trick zu erinnern, irgendwas mit grobem Salz und Sprudelwasser. Ich würde mich gern mit ihr unterhalten, will, dass sie bleibt.

Ich soll mich damit nicht belasten. Ja, manche erholen sich von den Strapazen wie von selbst, andere nicht. Das hängt von der jeweiligen Konstitution ab, vom Temperament. Es gibt Mütter, die vögeln zwei Stunden später schon wieder, das kommt zwar selten, aber doch vor. Die muss man richtig bremsen.

»Manche törnt das an. Sie offenbar nicht so.«

Wir lachen, macht nichts, wenn du aufwachst. Ich sage ihr, dass mir an diesem mir undurchschaubaren Ort niemand das Bett neu bezogen hat. Eine Grüne hat die sauberen Laken bloß abgelegt, mit dem Kommentar, sie sei völlig überlastet, die Kolleginnen in Rosa gingen lieber rauchen und hielten sich für wer weiß wen. Ich kann aber mein Bett nicht selbst beziehen, ich hänge ja am Tropf, nicht wahr? Meine Rosafarbene bemitleidet mich. Darauf habe ich drei Tage gewartet.

»In einem Team gibt es immer solche und solche.«

»Solche wie?«

»Solche, die zu viel Routine an den Tag legen. Die vergessen haben, dass eine Geburt einen völlig überrollt. Die sich keine Zeit nehmen. Das hat nichts mit Ihnen persönlich zu tun.«

Sie hat ein paar lustige Geschichten auf Lager, sie heißt Tiphaine, ist sechsundzwanzig Jahre alt.

Sie übernimmt ab jetzt immer mein Zimmer, ich sehe, zumindest tagsüber, nur noch sie. Sie vertraut mir die Namen der guten Feen an und verrät mir, wer die Scheusale sind, die man möglichst nicht herbeiklingeln sollte. Von Dominique, zum Beispiel, kriegen Sie immer eine Abfuhr, nehmen Sie das nicht persönlich. Dominique will zurück in die Geriatrie, *sie hat die Nase gestrichen voll.*

Tiphaine verspricht, nach ihrer Schicht um 18 Uhr vorbeizukommen, sie hält Wort. Ihre kurze schwarze Lederjacke und die Strass besetzten Stiefeletten rufen Erinnerungen an ein Leben da draußen wach, was mich irritiert. Als ob sie frei wäre und ich in der DDR. So was in der Art.

Du schläfst nicht, du schreist, Hunger ist es nicht, das habe ich schon versucht. Dir ist nicht zu warm, du hast keine dreckige Windel, kalt ist dir auch nicht, du hast keine Luft in der Speiseröhre. Sie sagen, man soll zuerst diese Ursachen ausschließen, bevor man anfängt, wenn überhaupt, sich Sorgen zu machen. Oft umsonst. Denn meistens ist es nichts. Ein Bild, ein Unbehagen in Schwarz-

Weiß. Inzwischen weiß man, dass auch Säuglinge träumen.

Ich weiß es. Du träumst von deinem Vater. Die schwarze Masse, die verschwindet und eine große Lücke hinterlässt, das ist er. Ich kann dir nichts weiter dazu sagen. Ich schwöre, ich weiß von nichts. Nur von meiner Warterei, meiner Fiktion und von dir, die er zurückgelassen hat. Aber wer bist du eigentlich?

Du schreist so viel, dass die Wöchnerin aus dem Zimmer gegenüber zu mir kommt.

»Können Sie nicht etwas tun? Vielleicht hat sie Hunger?«

Sie trägt ein weites weißes Hemd, Kompressionsstrümpfe unter Boxershorts, deren Muster ich nicht so richtig erkennen kann. Schiffsanker. Sie starrt mich an, ich muss fürchterlich aussehen. Meine Augenringe sind violett, und anscheinend ist niemand nach einer Schwangerschaft so dünn. Sie entschuldigt sich, wünscht mir alles Gute. Ein paar Tage später sehe ich sie auf dem Parkplatz wieder.

Gut, Adèle, vertiefen wir das Ganze ein wenig. Aber versprich mir, dass du es später lesen wirst, ich schreibe es auf, es hat Zeit. Es wird dich verletzten, in dem Alter, in dem du dann sein wirst. Hör gut zu, es ist ein Geheimnis, ein Skandal. Stell dir eine Frau namens Marie vor, ich werde in der dritten Person von ihr erzählen. Das macht es leichter für mich.

Auf geht's.

Marie, letztes Jahr. Kurz nach dem Ende des Sommers. Marie ist das personifizierte Warten. Seit drei Wochen ist er weg. Sie weiß nicht, was er macht, wo er lebt, und mit wem, sie traute sich nicht zu fragen, in der Liebe hatte sie schon immer Angst vor der Wahrheit. Er, der Mann, war ihr in einer Bar aufgefallen, am helllichten Tag. So was war ihr noch nie passiert. Ein Mann mit Skizzenbuch, Tee, einem ziemlich schönen, von Müdigkeit zerschlagenen Gesicht, das sie in Sekundenschnelle zu einer Geschichte von Kunst, Trauer und Trennung inspirierte. In Wahrheit war er unkompliziert, und er hatte es eilig.

Bestimmt habe sie ihn viel zu schnell geliebt,

musste sie sich anhören, bestimmt habe sie ihn deswegen verloren. Sie hat ihn nicht zu sehr geliebt. Denn sie war vollauf beschäftigt. Womit? Eine Frau werden zu wollen. Und nicht mehr diese 35-jährige Göre ganz am Ende der Matrilinearitäts-Schlange zu sein, die gerade mal weiß, wie sie aussieht, aber keine Ahnung hat, wer sie ist. Sie wollte erwachsen werden. Sie argumentierte in Kaskaden, wie man es aus Büchern kennt: »Wenn ich weiß, wer ich bin, liebe ich mich. Wenn ich mich liebe, wird auch er mich lieben.« So ähnlich. Sie hat ihre Hälfte des Weges zurückgelegt. Und er die seine, allerdings in die entgegengesetzte Richtung, und bald darauf war er wie vom Erdboden verschluckt.

Ab da, Adèle, musst du dir Marie als Wrack vorstellen. Wochenlang konnte sie nicht schlafen, stundenlang führte sie Selbstgespräche mit ihrem Spiegelbild, mit einem Flakon, hielt Totenwache, befragte das Horoskop. Sie wollte aufhören damit, glauben, da man es ihr sagte, dass irgendwo jemand anderes auf sie wartete. Aber man vergisst nicht einfach so. Eines Nachts ist sie sich sicher, ihn an die Scheibe klopfen zu hören, in einer anderen nimmt er sie im Traum, im Wasser, was hat das zu bedeuten? Sie erinnert sich, dass die Alten sagten, *du hast nicht nur dein Herz an ihn verloren, sondern schlimmer noch, deinen Verstand.*

Aus drei Wochen werden drei Monate. Marie wird dicker. Marie dreht am Rad. Marie ist wütend auf sich selbst, es ist ja nicht so, dass sie es nicht kapieren würde, sie sieht sie doch jeden Tag, diese dummen Puten, die wie angewurzelt dastehen und auf den Zug von vorgestern warten, weil sie es einfach nicht glauben können. Die Alten pflegten zu sagen, es gibt die Frauen, *die noch vor Mittag klarsehen, und die Einäugigen.* Marie muss blind sein, denn es stand ihm ins Gesicht geschrieben. In einer perfekten Welt würde man solchen Kerlen Fata Morgana, Schurke, Seemann, Hurenbock auf den Rücken stempeln, damit es kein Vertun gibt. *Auf jeden Fall gehst du weniger dumm ins Bett*, dachte sie. Und sie dachte, *die Klatsche hast du dir verdient.* Ja, sie sprach mit sich selbst so, wie man keinen Hund behandeln würde, wie man bei ihr zu Hause die Seinen behandelte. Sie überlegte, ob es sich so anfühlte, verrückt zu werden. Wenn es das nicht war, dann ging es zumindest steil bergab. Drei Monate starrte sie auf das Telefon. Und führte ausschließlich Selbstgespräche.

Sie wurde noch dicker, es war nicht mehr zu übersehen. Fünf Monate. Sie musste es doch wissen. Aber das änderte nichts, sie machte weiter, *machte sich etwas vor*, melancholisch und aufgebläht, wie sie war. »Melancholisch« ist man, wenn man den Verlust von etwas und/oder jemandem beklagt, einem Dreckskerl, einem Vieh, einem Haus, und nicht loslassen kann. Wenn etwas in Flammen aufgegangen ist und man behauptet, nein, es steht noch. Wenn es zwar schon stinkt, aber man behauptet, es lebt, es atmet. Wenn man den Typ, der längst über alle Berge ist, im Hof sucht. Marie erkennt sich selbst nicht wieder. Sie gehört nicht zu denen, die so sind, theoretisch ist sie besser. Sie ist keine von denen, die untergehen, die auf einen Seemann warten, der noch nie auf hoher See war, die bei einem bestimmten Vornamen, Duft, Pulli sofort ein feuchtes Höschen kriegen, die sagen, er liebt mich, er liebt mich.

Hältst du noch durch, Adèle? Dann komme ich zum Ende.

Marie wollte wissen, ob man ihre Traurigkeit, so wie ihren Bauch, sehen konnte, zum Beispiel wenn sie sprach oder wenn sie ging.

Was sagt das Volk? Sieht man es, guckt man mich an, stört es dich?

Jeden Abend dachte sie, dass mit dem Morgengrauen der Tag kommen würde, an dem nichts mehr übrig wäre, nicht einmal die Überreste der Erinnerung an einen Mann, dass sie unbemerkt zu ihrem Leben davor zurückkehren könnte. In Wahrheit wollte sie ihr altes Leben gar nicht mehr. Das Mädchen von früher mochte sie nicht mehr sein, *das mochte sie nicht mal als Dienstmädchen geschenkt haben.* Früher, das war, als sie noch keine Ahnung hatte, was ein Orgasmus ist, das war die Zeit, bevor er ihr einen Namen gab, als sie noch nicht wusste, wie sie genannt werden wollte. Früher hieß es abwarten und an etwas glauben, es hieß, arbeite, die Welt gehört den Frühaufstehern, leg das beiseite, ruf die Eltern an, iss.

Und auf einmal weiß Marie, dass sie *unterm*

Strich, wenn sie eins zum anderen zählt, gewonnen hat.

Und hier bin ich.

Ich bin deine Mutter.

Man erholt sich von allem.

Sie sind alle gleich

Adèle, niemand hat mir beigebracht, wie man einen Mann hält. Ich werde dir fast nichts zeigen können. Wenn du sie liebst, wirst du sie verlieren und wieder von vorn anfangen müssen. Als ich vierundzwanzig war, entdeckte meine Mutter drei Zentimeter Spitze an meiner Studentinnenunterwäsche: *Mit so was hält man keinen Mann.* Ich warte immer noch auf die Fortsetzung. Ich kann nur ahnen, welchen Raum der Sex einnimmt, er ist tabu und zugleich überwältigend, eine Fantasie, die einen verrückt macht, die die Menschen von Generation zu Generation in Atem hält, sie, unbeholfen und unentschlossen, zu Zärtlichkeiten verführt. Die Sätze, mit denen man Liebe und Sinnlichkeit verurteilt, sind Legion, sie lassen keinen Stein auf dem anderen.

Du zeigst zu viel Haut.

Willst du, dass die Leute denken, du wärst die Dorfmatratze?

Bis zur Hochzeit zu warten, war keine so schlechte Idee. Ich jedenfalls habe es getan.

Heutzutage ist alles Pornografie.

Glaubst du etwa, ich durfte machen, was ich wollte?

Benimm dich nicht wie ein Flittchen. Findest du nicht, dass das unter deinem Niveau ist?

Na, wunderbar.

Es gibt also eine Hierarchie, die bisher gefühlt auf meine Kosten ging. Ich habe eine Würde, die allerdings niemand bemerkt. Ich bin *mehr* wert. Aber was? Im Zweifel hebe ich mich für etwas Großes auf, von dem ich keine Ahnung habe. Ich werde perfekt sein, eine Herausforderung für das männliche Begehren. Ich rühre keinen Finger, und die Männer ziehen vorüber wie Kamele. Früher hätte man gesagt, das geht ja zu wie im Kloster. Dabei geht es nur darum, nichts zu tun. Abwarten, schweigen, Bücher lesen, Hunderte Bücher, genug, um etwas aufzubauen. Und ich baue einen

Damm, der bis heute nicht nachgegeben hat. Er wird brechen, und dann wird alles fortgespült werden, Adèle. Alles, außer dir.

Mit achtzehn bin ich noch Jungfrau, und mein Körper ist bereits Schauplatz eines Kampfes, den sie an meiner Stelle führen, damit ich nicht geliebt werde. Ich verweigere mich und weiß nicht, warum. Das Verlangen des ersten Liebhabers verwirrt mich. Es tut höllisch weh, trotzdem hätte ich mich fast bedankt. Ich hatte mich mein ganzes Leben lang als uneinnehmbar betrachtet, da meine Mutter mich wie ein russischer Spion immer und überall im Blick hatte.

Ich habe geglaubt, was sie mir erzählten, von den unglücklich verheirateten Frauen, den wieder Zugenähten. Dass man sich von ihnen fernhalten sollte, so sehe es das Gesetz vor, und der Platz, der ihnen gebühre, sei weit weg. Männer sind Tiere, untreu, bösartig, dumm genug, um immer wieder heimzukehren, und die Frauen dumm genug, um zu bleiben, Ende der Geschichte. Die

Frauen bleiben also unter sich beim Kaffeetrinken, beim Stricken, beim Lästern über Abwesende, *die sie rausschmeißen würden*, wenn sie ihr Kerl wären, *die sie nicht mal als Dienstmädchen geschenkt haben wollten.* Der Hass von Frauen verschont die Männer, merk dir das. Diese Seiten sind der Beweis. Ich stehe nicht über ihnen. Ich bin auch nur eine blöde Kuh, die nichts Besseres zu tun hat, als ihre Mutter in einem Buch zur Strecke zu bringen, statt zu stillen, als ob irgendwer darauf wartete.

Mein Vater redet in seiner Liebe auch nur wirres Zeug daher.

Um dich mache ich mir keine Sorgen. Du bist eine interessante Frau. Es wird sich schon ein Mann für dich finden. Übersetz das mal, Adèle, ich muss nichts werden, es wird einen Mann geben, in dessen Schatten ich verschwinden und Bücher schreiben kann, wie eine, die Socken stopft. Er hat mir nicht gesagt, dass ich die Summe meiner Entscheidungen sein würde. Dass zu diesen Entscheidungen auch die Wahl meiner Männer gehörte. Er hat mich glauben lassen, dass ich, wenn es hochkommt, ausgewählt werden würde.

Sie sind alle gleich. Raubtiere, sagen die Alten, die außerdem den Religionsunterricht übernehmen. Und ich tappe in die Falle. Seither geht meine Geschichte so: Die Männer wollen mir nur Gutes, und da ich dazu erzogen wurde, misstrauisch zu sein, will ich keinen von ihnen.

All die verlorene Zeit, die ich mit der Suche nach ihren Spuren zugebracht habe.

Männer, Adèle, sind das geringste Problem. Man kann einem Mann ziemlich gut ausweichen, und wenn man es ein bisschen schlau anstellt, kann man ihn sogar einschüchtern. Frauen hingegen sind heimtückischer. Denn sie kommen als deine Schwester oder deine Mutter, du kennst sie. Du machst ihnen auf.

Und später, was macht die Tochter dann?

Ja, das bin immer noch ich, Adèle, die da in einem Bademantel aus falscher japanischer Seide herumzetert, während sie am Tropf hängt. Ich wechsle wieder das Pronomen, weil ich es kann und weil es mir vorhin sehr entgegenkam. Ich bin die Autorin, ich mache jetzt, was ich will. Sie, die Tochter, fängt nach der Schule in einem Unternehmen an, wo sie abermals in die Fänge schwacher Frauen gerät. Alles, was ihrer Mutter ähnelt, zieht sie in den Bann. Der Arbeitgeber rangiert dabei an erster Stelle. Es handelt sich immer um Frauen mit grünen Augen, zu intelligent, zu wenig geschminkt für diese Welt, mit feinem Haar und einer Körperhaltung, die Misstrauen ausdrückt. Sie empfangen mich am Eingang zum Berufsleben, der in meinem Fall mit dem Ausgang der Universität zusammenfällt, einer schier unüberwindbaren Hürde. Mein erster Job ist Unterrichten. Man weiß nichts, wenn man nie aus der Uni rausgekommen ist, man hat vor allem Bekanntschaft mit dem subventionierten Leben gemacht, Stichwort »Zugang zur Kultur«, mit Leuten, die ticken wie man selbst, mit denen man über Blanchot und Politik diskutieren konnte, und doch glaubt man, man hätte etwas zu vermitteln. In Wahrheit aber hat man nichts zu sagen. Und schon beim Verlassen der Schule bekommt man weiche Knie. In der Universität brennt Licht, es ist warm, die Tür steht offen. Man bleibt, man vermittelt, man wiederholt, und bald verliert man seinen Glauben, die Vorlesungen werden kürzer. In den Bachelorklassen der Kunstgeschichte zeigt man dreimal im Jahr *Panzerkreuzer Potemkin*. Es geht uns nicht gut, aber zumindest sind wir irgendwo.

»Das U in Universität entspricht dem U in Uterus«, bemerkt eines Abends ein Wissenschaftler-Freund, sturzbetrunken.

Kurzum, das U wird meine erste Arbeitgeberin: *Komm mir ja nicht mit einem Kind an.*

Und von dieser Sache mit den Büchern will ich auch nichts hören.

Das bist du mir schuldig.

Meine Mutter ist eine Armee, ihre Sprache universell. Unsere Mütter verpfeifen einander nicht. Die Schweine, das sind die anderen.

Ich sage, okay, und haue ab. Das kann ich gut.

Lauf nur. Ich werde dich schon kriegen.

Auch als ich das U hinter mir lasse, geht es weiter. Adèle, wenn man nicht Stopp sagt, geht es einfach weiter. Ich versuche, mein in Frankreich erworbenes Diplom der »Beratungs«-Industrie zu verkaufen. In meinem Alter und in meinem Zustand ist das Beraten noch riskanter als das Unterrichten. Man sieht mir wahrscheinlich an, dass ich selbst nicht daran glaube.

Du weißt schon, dass sie dich in der Firma eigentlich nicht haben wollten? Du schuldest mir eine Menge. Darüber solltest du mal nachdenken.

Hier hält man es eher mit Elite-Uni-Absolventinnen. Mindestens Sciences Po.

Diese Frau, die findet, dass ich nicht viel hermache, trinkt. Um 15 Uhr kann sie nicht mehr gerade stehen, ihre übliche Schizophrenie führt dazu, dass sie mich hasst und gleichzeitig in ihrer Nähe haben will. Abwechselnd umschwärmt oder beleidigt sie mich, sie macht mich fertig, für 40 000 Euro im Jahr. Das ist es mir nicht wert.

Trotzdem lasse ich mich sechs Monate lang terrorisieren, pfusche Berichte zu Studien hin, die sie abzeichnet. Eines Abends fällt das eine Wort zu viel, ich kündige um 17 Uhr, von jetzt auf gleich. Meine Freiheit verdanke ich meinem ungezähmten

Temperament, der Erinnerung an die Wälder. Der sinnlosen Revolte, die in meiner Mutter schwelte und in mir lodert, ausbricht und verstummt. Habe ich mich dafür schon bedankt? Danke.

Die Chefin verliert ihren Schreiberling, hat aber immer noch das letzte Wort:

Du schuldest mir einen Monat. Ich werde dich auspressen wie eine Zitrone.

Sie ist immer noch dort und nach allem, was man hört, unantastbar.

Kommen wir zum dritten Posten. Und damit zu einer Geschäftsführerin, die zwar keine Eier, aber einen wohlklingenden Titel hat und deren Armseligkeit keine neue Erfahrung für mich bedeutet. Ich habe schon vor einiger Zeit deswegen meine Federn lassen müssen. Bald werden frische nachwachsen, es ist fast geschafft. Ich erinnere mich an den letzten Tag, wie sie gegenüber einem Kollegen, in meiner Gegenwart, in der dritten Person von mir spricht.

Sie hat es nicht kapiert. Ist die so dumm?

Sie ist hier total fehl am Platz. Akademikerinnen sollten besser an der Universität bleiben.

Sie geht mir auf die Nerven.

»Aber … sie sitzt neben mir«, sagt der Kollege verwirrt.

Es ist ihnen zu viel, die Gewalt zwischen uns. Sie sprechen von »Dschungel« und machen die Augen zu. Von wegen. Der Dschungel lässt einem eine Chance.

Unterdessen halten mir die Männer die Tür auf und zahlen im Restaurant.

Mit dreißig erkenne ich sie. Eifersüchtige haben einen gewissen Geruch und Krankheiten. Ab da wende ich mich den starken und sanften Frauen zu. Denen, *die nichts gegen mich* haben. Ich werde dir beibringen, wie du sie aufspüren kannst, in der freien Wildbahn. Es ist ihre Haltung, wie sie einen anschauen und wie sie, die meiste Zeit über, schweigen. Wir werden uns dort aufhalten, wo sie sind. Uns unter die Tanten, die Passantinnen mischen, ich kenne ein paar von der Sorte, ich treffe mich regelmäßig mit ihnen. Es sind sanfte, stille, in sich ruhende Frauen. Sie schüchtern mich ein. Frauen, die geben, nicht zu viel, in ausreichendem Maße. Ihre Gesichter leuchten hell wie der Tag zur Mittagsstunde. Ich nehme an, dass alle Männer der Erde ihnen zu Füßen liegen. Ich gehöre weder zu den einen noch zu den anderen.

Manchmal entdecke ich auch Männer zu meinen Füßen. Ich sage mir, dass sie dort liegen, weil sie sich verirrt und einen Strommast mit einem Leuchtturm verwechselt haben. Einen Moment lang genieße ich es, warte darauf, dass sie die Augen öffnen und weggehen. Ich muss mich selbst hassen, nicht wahr?

Ich sollte wenigstens zwei Stunden mal schlafen. Ich rufe nach einer Schwester. Eine Frau in Grün teilt mir mit, dass die Säuglingsstation voll und es 3 Uhr morgens ist. Es muss an mir liegen. Aber Sie haben mir doch gesagt, dass …

Wie, glauben Sie, machen es die anderen?

Besser, wahrscheinlich. Und wenn ja, gibt es eine Erklärung, meine Mutter hatte recht.

Glaubst du, ich wollte so eine Tochter?

»Du bist nervös«, meint die Pflegerin, »deshalb schläft die Kleine nicht, bist du dir sicher mit dem Valium?«

Die Dame, Adèle, die meint, dass du kein Glück hast, ist gar keine Krankenschwester: Es ist immer noch die Sprache meiner Mutter, in einem Körper, der in vielfacher Gestalt auftritt.

»Es heißt, wenn das Baby unruhig ist, soll man der Mutter am besten ein Beruhigungsmittel geben. Klingt albern, ist aber wahr.«

Sie geht, du weinst. Ich nehme dich wieder auf den Arm. Es wird schon klappen, andernfalls würde das Kind in den Armen der Jungfrau Maria doch nicht seit zweitausend Jahren dort ausharren? Ich betätige die Klingel noch einmal. Ich will ein Gitter um mein Bett haben, ich bin müde, du könntest rausfallen.

»Aber nein, er wird nicht rausfallen. Sie, meine ich. Weißt du, um diese Uhrzeit, er oder sie … Sie wird nicht rausfallen, warum sagst du so was?«

Der Nächsten, die mich fragt, warum ich so was

sage oder die mich einfach duzt, spucke ich ins Gesicht.

»Wenn du das Valium schlucken würdest, wäre das Problem gelöst.«

Sieh zu, wie du klarkommst

Ich arbeite also, werde älter. Ich versuche, mich häuslich niederzulassen. Krisen, Wohnungen, Lösungen, vorübergehende Liebschaften. Zumindest bin ich in Paris und schwöre, dass ich nicht zurückgehen werde, hinter mir öffnet sich ein Grab, dort habe ich angefangen. Ich nehme mir vor: »Ich werde schreiben«, aber ich habe Jobs, Verpflichtungen, eine elektrische Heizung, die immer ausgeschaltet ist, weil sie zu teuer ist. Am Telefon stellt meine Mutter mir keinerlei Fragen. Sie weiß nicht, wie es mir geht, und auch nicht wirklich, was ich mache. Ich male meine Situation schwärzer als sie ist, damit sie mich verschont, auf diese Weise schaffe ich, in Ermangelung von Liebe, eine Minimalschicksalsgemeinschaft. Ich sage, Paris ist exakt *die Hölle, von der alle berichten*. Komplizierte

Männer, ein unerschwingliches, hartes Leben, mein Körper, mürbe und urlaubsreif, die Metro, kein Kommentar, die Luft, schlechter als schlecht, mein Schlaf, einsam und gestört. Und eines Tages falle ich tatsächlich ziemlich tief. Eine ganz gewöhnliche Mobbinggeschichte am Arbeitsplatz, eine Frau will meinen Untergang und – kurze Anmerkung, es war kein Hexenwerk – kriegt ihn. Schlaflosigkeit, Depression. Ich rufe meine Mutter an, als hätte ich mir in die Hose gemacht. Ich sage: »Hilf mir«, es kommt vor, dass man, wenn man untergeht, nach seiner Mama ruft, man sagt: »Hilf mir«, das ist völlig normal, Adèle.

Ich: Es geht mir richtig schlecht.

Sie: *Was fällt dir ein, das ausgerechnet mir zu erzählen?*

Die Frau am anderen Ende der Leitung brüllt, dass sie diejenige ist, die leidet, sie allein. Mein Vater hat sie verlassen, sie hat nie gearbeitet, ihre Kinder vernachlässigen sie – habe ich genauso viel zu bieten?

Glaubst du nicht, dass du schon klarkommen wirst?

Ich lege auf und gehe vollkommen unter.

Ich rufe nicht zurück. Sie auch nicht. Eines Tages klingelt es, sie ist dran, sie sagt *Hallo, Mama, ich bin's, Marie.* Irgendwann fliegen die Fetzen. Man muss nur abwarten. Sie kann nicht Mutter sein, weil sie nie aufgehört hat, Tochter zu sein.

Ein paar Tage später seufzt ein Mann, der auf mich Acht gibt: *Hör auf, darüber zu reden, pack es endlich an, dein Ding.*

Er meint meinen Beruf, den wahren, den heimlichen. Ich sage, das mache ich, sieh mich genau an, ich mach's jetzt. Und dann schreibe ich unter Hochdruck. Es ist die Geburt meines ersten Romans. Ich veröffentliche ein Buch, das auf allgemeine Gleichgültigkeit, einzelne Eifersüchteleien und die Wertschätzung der mir Nahestehenden trifft. Ich glaube nicht, wie er sagen würde, dass dies meine Geburtsstunde ist. Das wäre banal, dann wäre ich einfach eine andere. Befreit von der Geschichte, von meiner Mutter, der Mutter meiner Mutter und deren Mutter. Nur Männer glauben, dass ein Buch sie neu erschafft.

Wie heute wünsche ich mir so sehr, dass sie etwas sagt, etwas anderes. Ich schicke ihr ein Exemplar und, man könnte meinen, dass ich nichts dazulerne, rufe sie an. Sie erzählt mir von sich und teilt mir dann mit, dass sie das korrigierte Exemplar für mich bereithält. Es gibt einige Syntaxfehler und Dinge, *die man so nicht sagt*. Ich halte zaghaft die dichterische Freiheit dagegen. Sie lässt nicht locker. *Das ist nicht poetisch, es ist falsch.*

Niemand außer mir hört ihre Stimme, die mich jede Nacht aufrecht im Bett sitzen lässt, schlaflos.

Schlechte Tochter.

Schlechte Schülerin.

Schlechte Mutter.

Ich schreibe, um sie zum Schweigen zu bringen.

Im Jahr darauf wird eines meiner Bücher mit einem Preis ausgezeichnet. Ein Preis, selbst ein kleiner, ist ein Grund zum Feiern, außerdem ist es der Monat des Beaujolais, November. Eine Kneipentour. Jemand sagt scherzhaft zu mir: »Hast du deine Mutter angerufen?« Ich lache nicht, verlasse die Bar, und als ich draußen auf dem Bürgersteig stehe, ein wenig betrunken, rufe ich an. In meiner Stimme schwingt eine kindliche Freude mit, die sie auf die Palme bringt: Ich habe ihn bekommen!

Die Frau am Telefon: *Die wussten wohl nicht, wem sie ihn sonst geben sollten.*

Sie wird es nicht sagen, nicht noch einmal, weil sie es bereits gesagt hat.

Das Schreiben, das hast du von mir.

Denn eigentlich war sie zum Schreiben bestimmt. Zu all den Dingen, an denen andere, die Männer, das Karma, sie *gehindert* haben, gehört das Bücherschreiben. Nur, um *mir nichts wegzunehmen*, hat sie darauf verzichtet. Auf ungeahnte Weise schulde ich ihr schon wieder etwas.

Schon zu Schulzeiten musste ich mich ständig bedanken. Bei der geringsten Anerkennung, bei jedem noch so läppischen Bild:

Hast du gesagt, dass das deiner Mutter zu verdanken ist?

Du weißt, dass du das deiner Mutter zu verdanken hast?

Das ist nicht deinem Vater zu verdanken.

Dass ich bloß nichts bekomme, was sie nicht hatte, zumal es auf sie zurückzuführen ist und es ihr gebührt. Ich würde alles tun, um die Spur ihrer Liebe wiederzufinden, deshalb trage ich ihr jeden meiner Triumphe hinterher. Damit sie mir meinen Stolz darauf verzeiht, schwöre ich ihr, dass es ihre Erfolge sind, gebe ihr den Anteil des Löwen zurück, das Fell des Bären, damit sie sich einen Teppich daraus weben kann. Ich sage danke. Ich sage, das verdanke ich dir. Und ich glaube es, Adèle.

Denn im Grunde ist es wahr.

Ich verdanke ihr alles, da ich ihr das Kämpfen verdanke.

So vergeblich es ist, so spät es auch geschieht.

Wenn sie nur einen Satz liest, hoffe ich, es ist dieser.

Seitdem gibt über Stunden, über Jahre das Papier den Ton an. Ich verlasse mich auf niemanden, nur auf das nächste Wort. Zwei Bücher, drei Bücher. Drehbücher, Seiten um Seiten, Obsessionen.

Ich komme voran, wate wie durch Zement, aber ich komme voran. Ich werde bald fünfunddreißig. Mir droht Schlimmeres als der Tod: das Verderben. Als eine von vielen Frauen mit wenig Geschichte und kaum Zukunft. Ich träume – eine überspannte Fantasie hässlicher Entlein – von einer Existenz, die bereits meine ist. Der Schwan im Spiegel wird immer das Abbild einer Unbekannten sein. Die junge Frau, die vom Schreiben lebt, bin ich. Aber ich bin nicht da, ich stecke immer noch in diesem Land ohne Licht fest, das von Geistern bevölkert ist, die ihre Augen hinten im Kopf haben und rückwärtslaufen, die schreien, damit man mich dort findet. In der Vergangenheit. Und dann kommst du. Schleust mich aus. Deswegen ist es so schwer am Anfang, weil man auswandert. Und die Sprache der Frauen pflügt fleißig weiter. *Das ist bloß der Babyblues. An dich selbst kannst du später noch denken, jetzt hast du erst mal ein Baby.*

Während ich versuche, unsere Geschichte in ein System von Zeichen zu pressen, begreifst du nicht, wie dir geschieht, Adèle, das ist die Qual der Geburt. Du entdeckst, getrieben vom Hunger, alle drei Stunden die Welt. Alle drei Stunden derselbe Schrecken, stets von Neuem. Man kann nichts dagegen tun. Zum ersten Mal hilft mir auch das Zeichensystem nicht weiter. Mir hat es endlich die Sprache verschlagen. Und doch fühle ich mich in diesem überrumpelten, löchrigen Körper und mit meiner ganzen auf den Kopf gestellten Wissenschaft mehr denn je am richtigen Platz.

Du hast nichts gewonnen

Adèle, ich habe bisher nicht über Geld gesprochen, ich meide das Thema. Weil es etwas Schlech-
tes ist, bei uns zu Hause gilt es als vulgär, man sagt,
*Geld ist wie Scheiße, man muss sich bücken, um
daranzukommen.* Nein, es sind nicht die Frauen,
die so reden, das würden sie nicht wagen. Selbst
welches zu verdienen, ist für sie ja schon hart an
der Grenze.

Schade eigentlich, denn Geld leistet gute Dienste.
Es ist mit Freude und Fröhlichkeit verknüpft, oft
mit Feiern. Und vor allem ist es keine große Sache,
es regelt sich irgendwie. Es lohnte sich jedenfalls
nicht, daraus ein Problem zu machen. Aber, zu spät.

Meine Mutter hatte kein eigenes Geld. Mein Vater
ging ins Büro wie man auf die Jagd geht. Sie sprach

über nichts anderes als über Geld – über Männer, die nichts davon abgeben, und über das Ansehen, das es ihnen verschafft. Unverdient, unrechtmäßig, unerträglich.

Und was ist mit mir, mit dem, was ich geleistet habe? Ist das nichts wert?

Sie redet über Frauen, die *ihren Lohn für sich* haben, die nicht, wie sie, *Rechenschaft ablegen* müssen, denen es nicht, wie es so schön heißt, an den Kragen geht. Sie hat nicht davon gesprochen, selbst Geld zu verdienen. Nie fiel das Wort Unabhängigkeit. *Ich weiß nicht, wie du später zurechtkommen willst.* Sie hat mit mir nicht über die Zukunft diskutiert. Sie hat mir nicht gesagt, dass alles gut werden würde. So vieler, fast aller Dinge beraubt, konnte sie sich eine Zukunft nicht vorstellen.

Glaub nicht, dass es leicht wird.

Du wirst es leichter haben als ich, so viel steht fest.

Du hast so viel Glück.

Du hast sowieso schon zu viel.

Sie spricht nur über Mangel, Verlust, Kosten, den Preis, den man zahlen muss.

Das ist gestrichen.
Wenn du Spaß willst, musst du dafür bezahlen.
Sie werden dich dafür bezahlen lassen.
Denk nicht mal dran.
Dass du es endlich in den Kopf kriegst. Wenn nötig, prügle ich es dir ein.
Wehe, du schleppst uns einen Kerl an. Damit wartest du gefälligst, bis du deine eigene Wohnung hast.

Wehe, und dann folgt alles, was Spaß machen könnte. Uns einen Kerl anschleppen, dir die Zehennägel rot lackieren, dir die Beine und die Bikinizone rasieren, deine Freundin mitbringen, abmagern, dich schminken, abhängen, mit einer Einladung ankommen. Ich sollte besser kein Interesse an irgendetwas haben. Mich lieber an Verlust und Forderungen halten.

Achtung.

So beginnt jeder ihrer Sätze, und er endet mit einer Drohung. *Dafür wirst du bezahlen.* Dann geht es weiter, ohne Pause, völlig fantasielos.

Achtung.

Du wirst auf die Schnauze fliegen.

Sie hatte immer Angst. Eine Angst, wie du sie dir nicht ausmalen kannst, vielleicht wie die ersten Menschen im Angesicht der Elemente. Ich hätte gern gewusst, warum.

Sei vorsichtig.

Du solltest dich auf was gefasst machen.

Pass lieber auf, wo du hintrittst.

Du wirst die Rechnung dafür schon bekommen.

Das Leben wird es dir mit gleicher Münze heimzahlen.

Der Wortschatz rund um Schulden und offene Posten überzieht die Sprache schnell mit einer weiteren Schicht, die sich im Laufe der Zeit verhärtet, zusammen mit mir. Ich bin eine Skizze, die in einem Gemälde verschwunden ist. Durch das viele Auftragen, die vielen Projektionen, den ganzen Lack weiß ich nicht mehr, welche Konturen ich am Anfang hatte. Ich habe bis dahin keine Ahnung, wer ich eigentlich bin. Ich bin eine Schicht Lieblosigkeit. Ich bin deren Kruste.

Ich kratze.

Du hast nichts zu verlieren, warte einfach ab.

Und umgekehrt.

Und ich? Glaubst du, ich hätte irgendwas ge-schenkt bekommen?

Ich weiß es nicht, ich stelle mir diese Frage nicht. Ich gehöre jetzt zu denen, die nehmen werden, die endlich beschließen zu nehmen. Alles oder nichts.

Glaubst du, dass du es verdienst?

Was es brauchte, war der Glaube daran, dass ich es sehr wohl verdiene, waren Frauen, die mir gesagt haben, *dass das schon okay ist.* Spät im Erwachsenenleben, das heute Morgen für mich neu beginnt, haben Frauen mir die Wahrheit kundgetan: Ich bin etwas wert. Ich schulde ihnen so viel, dass es schon fast lächerlich ist. Hier, in der Reihenfolge ihres Auftretens, ihre Initialen: C., A., O., B., S., M., F., S., C. Versucht es gar nicht erst, alles verschlüsselt. Es ist nur für mich, eine Spur.

Ich habe nichts gelernt, Adèle, und ich besitze keinen Schatz. Geld ist ein Fremdwort für mich. Ich kann mit nichts für uns aufwarten. Sei mir nicht böse. Bis gestern dachte ich, es ginge nur ums eigene Überleben. Also habe ich nichts genommen. Verstehst du, es war nicht nötig. Ich kann das nicht gut, einfordern, nehmen, behalten. Aber jetzt möchte ich etwas haben, für dich. Und siehe, der zukünftige Kampf hat bereits einen Namen.

Du wirst nicht die Letzte sein

Ich will es zu Ende bringen. Mit dir sprechen, Adèle, über andere Dinge als über meine Grenzen.

Warte, die Frauen in Grün möchten auch etwas sagen.

»Fühlen Sie sich in der Lage, sich um die Kleine zu kümmern?«

Die Schwestern, die mir immer noch kein Glas Wasser angeboten haben, schlagen mir nun einen längeren Aufenthalt im Krankenhaus vor, *für mein Wohlbefinden*. Man könnte ihn mir auch auf ärztlichen Rat verordnen. Sie behaupten, ich sei noch nicht in der Lage, nach Hause zu gehen. Dass ich zu viel heule, selbst hier hätten sie so was noch nie erlebt.

Lassen Sie mich durch. Ich will nicht zu spät sein, und ich komme von weit her. Ich bin den ganzen Weg gegangen, das wissen Sie doch. Ich habe die Scham ertragen, ich zu sein, habe meine Mutter, die Kälte um sie herum, die Männer, die Angst, die Automatismen, hundertfache Niederlagen, diese unbeschreibliche Müdigkeit, die Routine eurer Arme, dieses Zimmer und die Nacht ertragen. Ich habe es allein bis zu dieser Wiege geschafft. Sie wird nicht umkippen.

Bei der Heimkehr erwartet mich die nächste Hölle. Es ist nicht damit getan, eine Tür hinter mir zuzuziehen und den Rest der »fertigen« Fläschchen mitzunehmen, in einen Peugeot 508 zu steigen, das winzige Püppchen in den Autositz zu bugsieren, den ich mir von einer Freundin geliehen habe, die keine Zeit hatte, ihn sauber zu machen, ich auch nicht. Ich komme in meine Wohnung, die von nun an unsere und nicht mehr groß genug sein wird, und werde vom Duft nach Armenischem Papier empfangen, der ab sofort verschwinden muss, komme in mein Zimmer, das nun dir gehört, stoße

160

auf eine Katze, die sich als das entpuppt, was sie ist. Inkontinent, überzählig. Danach fangen wieder die schlaflosen, aufgewühlten Nächte an, mich packt wieder diese immense Schwäche, sodass ich mich einfach nur noch hinlegen will, und plötzlich dann diese immense Kraft, woher auch immer sie kommt, die mich aufrecht stehen lässt, robust, bis ich wieder umkippe. Und es ist niemand da, der mich in seinen Armen wiegen würde, denn *du bist nun nicht mehr dran*. Und selbst wenn ich gestern darauf gewartet hätte. Der Zug ist abgefahren.

Steh nicht einfach da herum.

Du wachst zum tausendsten Mal auf. Ich kriege keine Luft mehr, ich habe nichts gegessen. Was, zum Teufel, mache ich hier. Was ich erlebe, nennt man den Tiefpunkt aller Zeiten.

Da bist du nicht die Erste und wirst auch nicht die Letzte sein.

Danach hassen wir sie einmal mehr für das, was sie nicht gesagt haben, als hüteten sie eine unausgesprochene Wahrheit. Uns in dem Glauben zu lassen, es ginge um ein paar Kilos zu viel, um die

Ausstattung, die Wäscheberge, um die Männer, die man für ein, zwei Jahre abschreiben müsste.

Was hättest du denn wissen wollen? Du siehst doch, dass man es erleben muss, man kann nicht darüber reden.

Über das Gebären sollte man aber reden können. Sagen, dass es bedeutet zu sterben, dass man nach dem Sterben allerdings weitermachen muss, sowohl auf der Erde als auch darunter. Aber einfach wiederkommen und nicht darüber zu sprechen, weder über die Kraft, die es gekostet hat, noch über sich selbst, das geht nicht.

Wie glaubst du, machen es die anderen? Du wirst es vergessen.

Nein. Ich erzähle jeder, die es hören will, von meinem Elend und gehe im Namen dieser Informationskampagne bewusst allen auf die Nerven. Ich sage, was es bedeutet. Nämlich Verlust, der Körper am Ende, das Gehirn ein leeres Gehäuse, man ist sich selbst fremd und das gesamte System der Emotionen zusammengebrochen zugunsten eines einzigen vorherrschenden Gefühls: der Angst. Dass das Kind stirbt. Dass man nicht mehr auf das zählen kann, was man hatte, Zeit, Sex, Bekannte, Verstand. Die Angst ist so groß, dass man den drei Wochen alten Säugling am liebsten irgendwo liegen lassen würde, um sich in ein Erdloch, eine Bar zu verziehen, nach Mexiko abzusetzen.

So was macht man aber nicht. Ich gehe bereitwillig als überforderte Mutter durch. Es ist mir egal. Aus Mangel an Vorbildern drückt man mir einen Stempel auf, das muss reichen.

Marie ist zerbrechlich.

Sie ist ein bisschen depressiv.

Sie steht ziemlich hilflos da, nicht wahr?

War sie noch nicht bereit?

Ich weiß genau, Adèle, dass ich eine starke Persönlichkeit bin, und im Übrigen hast du mich ausgewählt. Bingo.

Danach hat mich die Müdigkeit niedergedrückt, bis ich mich ergeben musste. Ich bin deine Mutter geworden. Das Wunder ist geschehen, nach all dem Dunkel, das ihm vorausging. Man findet zu seinem Kind. Eines Tages bekennt man hingerissen: Ich bin fertig, im Sinne von vollendet. Ich habe nie, nicht einmal im Traum, ein schöneres, fremderes Land bereist. Den Zorn, der diese Seiten füllt, kann ich nicht mehr nachempfinden. Es ist mir heute schleierhaft, wo diese schroffen und doch wahren Sätze herkamen. Aber ja, ich war es, die so geheult hat.

Und danach – bleibt meine Mutter, die dich noch nicht kennengelernt hat. Sie kann sich lange nicht dazu durchringen, ich musste darauf bestehen, du bist bald acht Monate alt. Mittlerweile denke ich, sie hatte Angst. Sie kommt für drei Tage, nicht ganz. Ich weiß nicht, ob es mir gelingen wird zu beschreiben, was passiert ist. Versuchen wir es. Sie betritt unsere Wohnung, du erscheinst auf der Bildfläche, wir verbringen zu dritt erst einen Tag, dann zwei. Ich sage dies und das, um die Situation zu überbrücken. Sie berührt dich flüchtig, für eine Sekunde, weicht zurück, betrachtet dich, und das war es auch schon: Von da an existierst du für sie nur noch als Gedanke. Sie entwirft im Geiste ein Bild von dir, dich zu umarmen, scheint ihr unmöglich zu sein, als ob man ihr nie ein Kind in den Arm gelegt hätte. Ich bin erschüttert, ich möchte ihr helfen hinzusehen, wie man einem Lahmen über die Straße hilft. Ich weiß doch, dass ihr deine unverbrauchte Liebe guttun wird, deine baumwollweiche Sanftheit. Sie spricht mit dir, heißt dich mit ein paar aufgewärmten Worten auf der Erde willkommen, gibt dir Ratschläge. Ich lasse euch einen Moment zusammen. Sie sucht keinen Körperkontakt mit dir, oder kaum. Sie ist unsicher. Analysiert dich. Worauf bezieht sich dein Schreien, von wem hast du deine riesigen Hände. Sie kann nicht spielen, sie starrt dich an, und bald bist du ihr zu langweilig. *Kann ich etwas für dich tun? Etwas nähen? Ich brauche eine Beschäftigung.* Sie will sich mit etwas beschäftigen, aber nicht mit dir.

Mir fällt ein uraltes Märchen ein, *Das Mädchen ohne Hände.* Ein Mädchen hatte sich die Arme verstümmelt, damit der Teufel sie nicht holte, und konnte danach nichts mehr an sich drücken, nichts mehr halten. Spät, erst als sie jemanden liebte und Kinder bekam, wuchsen ihre Hände wieder nach. Meine Mutter steht vor dir, Adèle, ein Mädchen,

165

das für immer keine Hände hat. Plötzlich fällt der Groschen, in mir löst sich etwas Verborgenes, das seit dreißig Jahren verknotet ist. Wirklich, das ist kein Bild. Ich habe gespürt, wie sich die zwei Glieder einer Kette zwischen Hals und Magen lösten und auf einmal Luft von dort kam. Ein Leben lang habe ich sie dafür gehasst, dass sie nicht das war, was sie nie gewesen ist. Ein Paar Arme, ein herzlicher Mensch, eine fürsorgliche Mutter. Dabei war es unübersehbar. Und aus grauer Vorzeit steigt der eine Satz auf, den ich nicht hätte vergessen dürfen.

Deine Mutter war für so was nicht geschaffen.

So was, damit bin ich gemeint. Das ist alles. Kein Drama. Ich kann mich sehr gut selbst bemuttern. Denn schließlich bin ich jetzt eine Mutter.

Sie nimmt den Zug zurück nach Hause. Und auch ihr Rätsel.

Du stehst jetzt auf eigenen Füßen

Inzwischen kennen die Mütter unserer Mütter die Angst von Sterbenden. Man nimmt sich fest vor, *etwas zu sagen*. Aber aus welchem Hut soll man es zaubern, wenn man jahrelang nur Unsinn geredet hat? Sobald ich an Sterbebetten stehe, fällt mir nichts ein, was nicht schief klingen würde. Kein Satz, der ihnen Ruhe bringen würde. Mir kommt Victor Hugo in den Sinn: »In euren Himmeln, in einer Sphäre jenseits der Wolken, wo ihr vielleicht völlig neue Dinge tut, tritt der Schmerz des Menschen als Element in Erscheinung.« Aber das ist nicht liebevoll genug, nicht einmal lauwarm. Bis ich etwas Passendes gefunden habe, wird ihr Leben ausklingen. Ich weiß nie, was ich sagen soll, denn ich schreibe ja.

Deine Urgroßmutter. Sie liegt da und wartet auf das Ende, wie man hört, zählt sie die Lamellen an der Decke. Von ihrem Körper, der sie nicht mehr trägt, verlangt sie nichts. Sie wartet einfach. Ich stelle dich ihr vor.

Ja. Ganz frisch geschlüpft.

Sie verstellt sich nicht. Wir teilen die Angewohnheit, die Dinge so zu benennen, wie wir sie sehen.

Eins reicht.

Aber es muss ein Junge sein, sagt man.

Vielleicht hat sich das auch geändert?

Sie ging zur Geburt wie aufs Feld, kam zurück, bedankte sich beim ersten Mal wahrscheinlich noch, fing von vorn an. Neun Monate.

Ich hatte immer eins im Bauch.

Damals achtete niemand darauf, dass du dich erholst.

Ich habe mein Leben damit zugebracht, Suppe zu kochen.

Für die Kinder, für die Schwiegermutter, für die Arbeiter. Trotzdem hatte sie Glück, sie durfte mit am Tisch sitzen und hatte ein Auto.

Der Opa war kein schlechter Mann.

Hör gut zu, Adèle. Die Geschichte der ungebundenen Frauen ist noch sehr kurz. Halte sie gut fest, deine Freiheit.

Wir hatten noch keine Pille, du hingegen kannst über dein Leben bestimmen.

Du bist doch nicht wegen mir hergekommen?

Warum, zum Teufel, bist du wieder hier? Lass deine Mutter, wo sie ist, und lass sterben, was sterben soll. Sie flüstert mit den Augen.

Ich lege dich wie zur Taufe auf das Bett, das ihr Schiff sein wird. Schau, Adèle: Sie, die Urahne, ist die Sklavin. Meine Mutter ist die Frau gewordene Angst, wie ihre Mutter zu werden, die ihr Untergang war. Ich habe die gleiche Angst und mache etwas daraus. Nämlich dich.

Du streckst deine Hand nach der grauen Wange aus und streichelst sie. Sie lächelt dich an. Eure Augen sind blau.

So ist gut. Mach nicht sieben davon.

In diesem Zimmer braut sich etwas Tragisches zusammen. Sie wartet, wie man auf einen Wagen, auf Pferde wartet, auf etwas, das man kennt, das einen jedoch fortträgt. Einen solchen Blick hat man, wenn es nicht mehr darum geht wegzurennen, sondern dem Kommenden entgegenzublicken. Ich vergesse nicht, dass sie schön war, vergesse nicht die Falten, die ihre Augenwinkel mit dem Nichts verbanden. Eines Abends werde ich auch von meiner Mutter, ihrer Tochter, so sprechen können und ein wenig Milde walten lassen, glaube ich. Es muss nur etwas Zeit vergehen.

Ich verabschiede mich von ihr, fast sicher, dass ich sie nicht wiedersehen werde. Ich bin egoistisch, überfordert, wohne in Paris, und ihr Tal ist weit entfernt.

Auch die Mutter meines Vaters findet für einen Moment zufällig klare Worte:

Du stehst jetzt auf eigenen Füßen.

Ja. Ich gebe mich weit weg von hier einem ausschweifenden und unbändigen Traum hin, er führt mich ins Herz der riesigen Städte, die euch solche Angst machen, aber noch höre ich euch reden. Und noch lausche ich. Da ist nichts weiter als das Rieseln des Schnees, hinter euch. Und dann? Ich habe ein Kind. Und dann? Ich stehe. Bin kurz vorm Umfallen, aber ich werde es schaffen. Und dann? Was mich umbringt, ist nichts im Vergleich zu dem, was ich erwarten darf.

Auf dem Foto sind wir alle zu sehen. Im Morgengrauen, in einer Reihe hintereinander auf dem Weg zur Kirche. Die Mutter, die Mutter der Mutter, deren Mutter, und jede zieht die nächste hinter sich her wie ihren Stolz oder ihre Kränkung, je nachdem, ob sie spurt, sich benimmt, mit wem sie verkehrt, ob sie schreit oder nicht. Eine hinter der anderen. Ohne dass sie einander wirklich festhielten. Ich sehe, wie arm ihr seid, *eingezwängt in Stoffe, aus denen man Vorhänge macht*, sehe euch mit euren Sätzen und eurem Schweigen, das noch arroganter ist als eure Sätze, die Klage über eure Männer ist längst im Grab erstickt. Ich, die ich die Reihe schließe, möchte mich der Sprache nähern, ohne dass sie nachklingt und euch stört. Adèle, weißt du was? Ich bin nicht so stolz. Ich habe nicht diese Standfestigkeit einer Statue. Sie gehen voran mit dem Gewicht auf dem Kopf, dadurch ist ihr Nacken so gestreckt, dass es eine Pracht ist. Ich bin in diesem Evolutionsschema die Letzte, und ich gehe gebeugt. Aber das Gewicht fällt von mir ab. Hörst du es? Noch eine Stunde, und ich werde frei sein. Das Foto gibt es übrigens nicht. Das Bild hat sich in der durchwachten Nacht geformt, und du bist nicht darauf.

Die französische Originalausgabe erschien unter dem Titel
»Toutes les femmes sauf une« bei Éditions Fayard, Paris.

Penguin Random House Verlagsgruppe FSC® N001967

1. Auflage
Luchterhand Literaturverlag
in der Penguin Random House Verlagsgruppe GmbH,
Neumarkter Str. 28, 81673 München
Copyright © 2018 Librairie Arthème Fayard, Paris
Umschlaggestaltung: buxdesign | Ruth Botzenhardt
unter Verwendung eines Motivs von
© Arcangel Images / Raluca Ciornea
Satz: Buch-Werkstatt GmbH, Bad Aibling
Druck und Einband: Friedrich Pustet, Regensburg
Printed in Germany
ISBN 978-3-630-87782-2

www.luchterhand-literaturverlag.de
facebook.com/luchterhandverlag